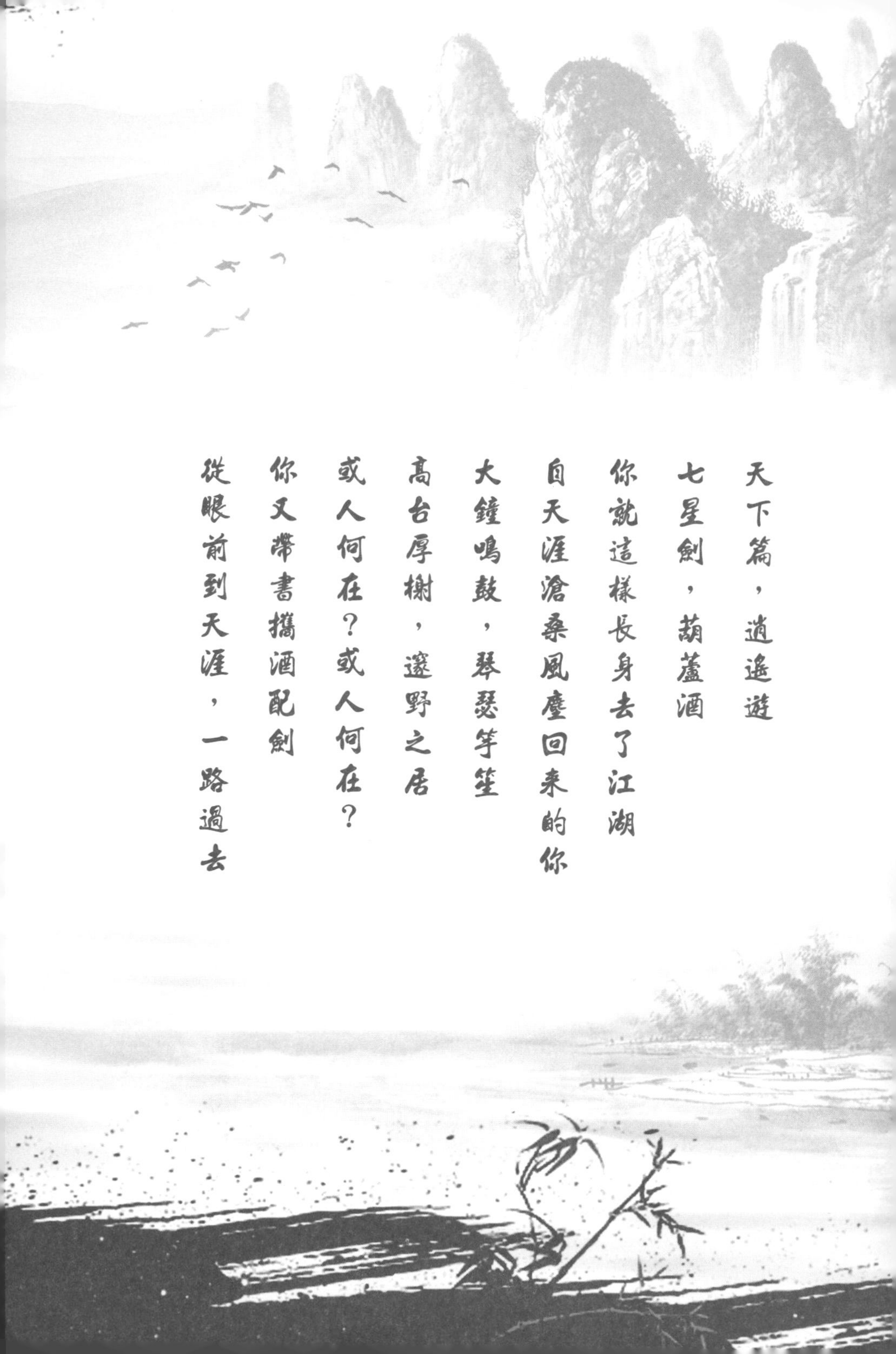

天下篇，逍遙遊
七星劍，葫蘆酒
你就這樣長身去了江湖
自天涯滄桑風塵回來的你
大鐘鳴鼓，琴瑟竽笙
高台厚榭，邃野之居
或人何在？或人何在？
你又帶書攜酒配劍
從眼前到天涯，一路過去

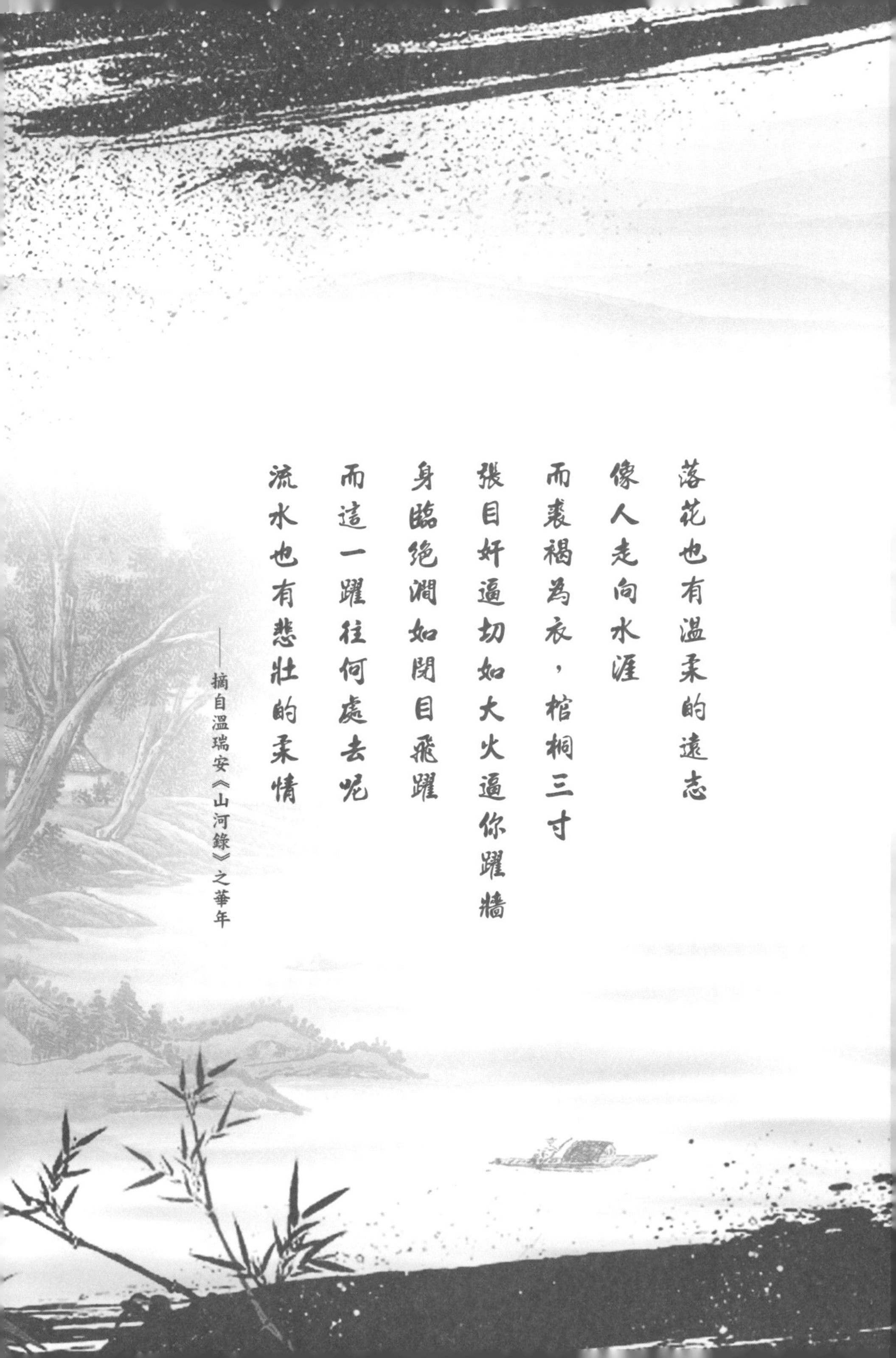

落花也有溫柔的遠志
像人走向水涯
而裘褐為衣，棺桐三寸
張目奸逼切如大火逼你躍牆
身臨絕澗如閉目飛躍
而這一躍往何處去呢
流水也有悲壯的柔情

——摘自溫瑞安《山河錄》之華年

武俠經典新版

朝天一棍

說英雄・誰是英雄系列

2

溫瑞安 著

說英雄誰是英雄系列

朝天一棍

目錄

四　他心口有個勇字

唐寶牛大笑不已。

他自己笑得全身震動，全場的人也覺震耳欲聾，目瞪口呆。破板門一帶現場的人，除了正在「回春堂」內兇險血戰的六大高手外，其他的人全都停了手，望向這邊來。

他笑得直似人在刀口下的不是他，而是他一人已足能主宰全場人的生死成敗般的。

多指頭陀也覺得給他這樣笑下去，氣勢必為其所奪，所以用劍鋒往下一壓，嘴裡叱道：「住口！不許笑！再笑洒家就要你人頭落地，看你還笑不笑得出來！」

唐寶牛一聽，笑聲一斂，多指頭陀心才稍安，卻聽唐寶牛突如其來的向他吼道：「多指，你這留髮禿驢！不只多指，還多口哪！我唐巨俠寶牛前輩要是怕你殺，我還笑得出來？好，你殺，你且管殺吧！你有種就一劍斬下來，我等著！誰不敢殺的就是他祖宗沒種借種弄了箇野種的日他妹子的直娘賊！」

這一番話鏗鏗鏘鏘、敲鑼打鼓的罵下來，比狂笑聲還要響多了，不但一時鴉雀無聲，還人人都屏息細聆，且都爲唐寶牛生死安危捏了一把汗。

「死便死，怕什麼！」唐寶牛直似天生就在心口上刻了個勇字，拚死無大礙的道：「你要殺便殺，我唐大宗師寶牛少俠皺一皺眉頭不是好漢。」

這一來，多指頭陀還真不敢一劍殺下去：因爲這來自四面八方的刧囚高手，全盯著他，只要他一劍殺下去，他知道，這些人這輩子都不會放過他，他只怕這輩子都得要去應付這些人和他們的復仇行動。

——就算是跟唐寶牛、方恨少向無深交的，今兒來只是虛應事故的人物，但自己若是手起劍落，斬了這廝，只怕這些人單是爲了面子義氣，都會跟他耗上一輩子。

那麼他一輩子都得要提防。

不得不防。

而且不是防一個人。

——這麼一大票、各門各派、三山五嶽、黑白二道、官民雙方、文的武的都有。

那麼，這一輩子恐怕都不易在江湖上混了。

多指頭陀至了不起的本領，不是指法（包括他在音樂上和武功上的造詣），而是他的「詭秘身份」——正因爲他非正非邪、亦正亦邪，在江湖上，大家多不知他是忠的奸的，但都給他這個面子，而他利用了這一點，大可當「臥底」，把人出賣得箇不亦樂乎，把朋友殺得箇措手不及，把自己人背棄得不留痕跡，是以，就算武功、地位再高的，也得折在他手裡。

這次主事爲蔡京押犯行刑，他若不是爲了在蔡京面前跟龍八爭寵，爲部署日後在京裡有足夠的實力與米蒼穹爭權，他還真不想這般「拋頭露面」的出來「亮相」呢！

所以，這一劍著實不好斫。

但不斬又不行。

箭在弩上，火已燒上船了。

——唐寶牛這麼一鬧，他要是不馬上殺了，救他的人，膽自然就壯了，一定冒死攻進，士氣大增。

相反，自己這方面的人就會軍心大沮，對劫囚強徒排山倒海的攻勢，恐怕就很不易應付了。

這時候，多指頭陀可謂「殺不是，不殺又不是」。

——怎麼辦是好？

這時候，他忽然想起還有個龍八！

——正好！

龍八正以刀抵住方恨少的脖子。

多指頭陀靈機一觸，即道：「八爺，先殺一個。」

龍八威武鐵臉一肅，蒼眉一豎，瞪目厲聲叱道：「說的對！」

多指「打蛇隨棍上」，立加一句：「你先殺姓方的立立威再說。」

龍八悶哼一聲，臉肌抽搐了一下，連捋起袖子露出的臂筋也抽動了一下，終於刀沒斫下去，聲音卻沉了下來，道：「你先請。」

多指道：「你請。」

龍八道：「你先。」

多指：「你官位比我大，你先請。」

龍八：「你江湖地位比我高，你請。」

「請。」

「請請。」

「請請請。」

「請……」

兩人互相謙讓。

唐寶牛驀地又發出了一陣驚天動地的大笑，催促道：「怎麼了？不敢殺是不是？不敢動手的放開大爺我和方公子逍遙快樂後放把火燒烤你全家去！」

看來，唐寶牛非但心口上刻了個勇字，敢情他全身都是由一個「勇」字寫成的。

他像是活不耐煩了，老向二人催迫動手。

多指頭陀心知龍八外表粗豪心則細，膽子更加不大：敢情他和自己是「人同此心，心同此理」，都不敢一刀或一劍扎下去便跟天下雄豪成了死對頭；只不過，他不斬，龍八也不斫，這樣耗下去，唐寶牛又咄咄逼人，眼看軍心戰志就得要動搖了，卻是如何是好？

忽然他靈機一觸，右手仍緊執長劍，斜指唐寶牛後頸，左手卻自襟內掏出一管簫，貼著唇邊，撮唇急吹了幾下。

簫音破空。

急。

尖。

而銳。

——卻似鳥驚喧，淒急中仍然帶點幽忽，利索中卻還是有點好聽。

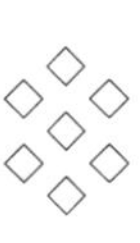

其實唐寶牛愛臉要命，遠近馳名。

他現在不要命得像額上刻了個「勇」字，主要是因爲：

他豁出去了！

他可不想讓大家爲了他，而犧牲性命，都喪在這兒。

他眼見各路好漢前仆後繼的湧來救他，又給一批一批的殺退，長街喋血，屍橫遍地，他雖然愛惜自己性命，也不想死，可是，他更不忍心見大家爲了他們如此的不要命，這樣的白白的犧牲掉！

所以他看開了。

想通了。

於是他意圖激怒多指頭陀。

——只要多指頭陀一氣，把他殺了，那麼，誰也不必爲了救他而喪命，誰也不必因爲他而受脅了！

唐寶牛不能算是個偉大的人，他只是個必要時可以爲朋友兄弟愛情正義犧牲一切，但他卻不可以容忍朋友兄弟愛人正義爲他而犧牲的人。

他平常常把自己「吹」得丈八高，古今偉人中，一千年上下，五百年前，五百年後，只怕都不再有他這種不世人傑，不過，其實他自己是個什麼人，有多少的份量，也許是他自己心裡最是分明。

——因爲平凡，所以才要不尋常。

——就是因爲位於黝黯的角落，所以他才要「出位」。

——「出位」其實是要把自己放在有光亮的地方：至少，是有人看得見的所在。

如果你身處於黑暗之中，所作所爲，不管有多大能耐，多好表現，都不會有人看見，難免爲人所忽略。

他現在不是要「出位」，而是不想太多人爲他而犧牲。

所以他先得要犧牲。

這看來容易，做到則難。

——君不見天底下有的是不惜天下人爲他而犧牲、他踏在一將功成萬骨枯的血路上一腳登了天的偉人嗎？

比起這些「偉人」，莫怪乎唐寶牛一點也不「偉大」了！方恨少呢？

他也是這樣想。

只不過，他的表達方法，跟唐寶牛完全不同。

他知道，越是誘逼對方殺他們，對方可能越不動手，但同黨弟兄，卻可能因而更是情急疏失，所以他寧可死忍不出聲、不發作。

他可不想大家爲他傷、爲他死，他雖然只是一介寒生，可是他有傲氣、有傲骨，他絕不願大家都看見他就那麼樣的跪在地上，不能掙扎，無法反抗的窩囊相！

他也許忘了一點，當日在「發黨花府」，任勞任怨白愁飛等人下了「五馬恙」，制住了群雄，任憑宰割之時，卻是他一人和溫柔獨撐大局，拖住了危局，群豪才不致全軍盡墨，是以，今次來劫囚的江湖好漢，越是見這文弱書生低首不語、逆來順受，就越是激憤矢志：非救他報恩不可！

江湖上的漢子，講的是兩個字：

義氣！

微妙的是：此際，唐寶牛和方恨少，一個張揚一個沉靜，無非都是希望敵人快點動手把他們殺了，使兄弟友好不必再爲他們受脅、犧牲；這同一時間，多指頭陀和龍八太爺，都各自祈冀對方先行下手，一可立威，二不必由自己跟這干江湖人物結下深仇。

兩派人馬，想法不同。

大道如天，各行一邊。

——乃分黑白，各定正邪。

五　勇進

破板門的劇戰雖然因爲唐寶牛和方恨少二人性命受脅而凝住了，但只有一處不然：

那是「回春堂」裡的戰役。

花枯發本來守在「回春堂」裡，他就在這兒發號施令，溫夢成則在外圍調度子力，兩人裡應外合，相互呼應。

這樣一來，「回春堂」就成了「發夢二黨」的「指揮中心」。

而今，吳驚濤哪兒都不走，專挑這地方走了近來，還走了進來。

也不是沒有人攔他。

而是攔他的人（甚至只是試圖想攔他的人）全都給擊倒、擊潰、擊毀了。

他邊行邊抹臉，邊走邊唱，邊唱邊摸。

他的左手摸自己的臉，摸鬍碴子，摸稜形的唇，摸鬢邊耳垂，摸衣衽喉核，主要的還是摸出哪裡有汗，他就去用布小心翼翼的將之吸掉抹去。

但他照樣傷人、殺人、擊倒敵人。

只用一隻手。

右手。

他一面走，一面手揮目送，把攔截他的人一一幹掉，然後走入「回春堂」。

走入「回春堂」等於掌握了作戰的中樞。

——這還得了!?

這是一種「勇進」：在強敵寰伺裡如入無人之境！

所以花枯發馬上迎上了他。

他知道來者何人。

——驚濤公子吳其榮看去的年輕和他實際功力的高強，恰好成對比。

另一個對比是：他臉目之良善和手段之狠辣，又恰好形成強烈對比。

正好，花枯發迎著他的面前一站，也形成了另一大對照：

一肥。

一瘦。

形容枯槁的當然是花枯發。

他的人本來就很慍憎，稍遇不中意的事就大發雷霆，暴跳如雷。

尤其在當日任勞任怨宰殺了他的獨子花晴洲，他的人就更形銷骨立了。

無論再多歡宴，「發黨」勢力更強更盛，花枯發再大吃大喝，但他好像從此就再也長不胖、也拒絕再增添任何一塊肉、一點脂肪了。

大家都知道他很懷念他的兒子。

大夥兒都曉得花黨魁始終念念不忘要報仇。

仇是要報的。

——那確是血海深仇。

他只有一個兒子。

他恨死了任勞任怨。

所以群俠也特意安排他來這一陣「破板門」劫法場。

而不是「菜市口。」

因為負責押犯監斬於菜市口的是任勞和任怨。

如果花枯發見著了「兩任雙刑」，很可能會沉不住氣，為子報仇的。

可是這不是報私仇的時候。

——在這種大關節上，私怨積怨極可能會誤大事。

這是救人的行動。

是以，花枯發負責「破板門」這一邊——他也明白王小石等人調度的深意，並且服從。

仇是要報的。

只不過不是現在。

他仍然焦躁、憤怒、和瘦。

吳其榮則正好相反。

他一向和氣、微笑、還有胖。

他的樣子，看去最多只不過二十來歲（但沒有人知道他真實的年紀）。

可是，他卻十分「豐潤」。

如果說他只有二十四歲，那麼，他的腰圍至少有四十二吋。

他曾笑說：我吃下去的每一片肉、每一粒飯，都「物盡其用」，連喝到肚裡去的每一杯水，都拿來長肉、長胖。

他像個小胖子。

小胖子通常都很和氣。

和氣生財。

不過，驚濤書生有一大遺憾的就是：

他會長肉，卻賺不了幾個錢。

沒有錢也就沒有地位，他練就了一身好本領，只好節衣縮食、鬱鬱不得志的過活，要他打家劫舍、殺人掠財，他還不屑為之；再說，不是有武功就可以恃強亂來的，畢竟，世上有捕王李玄衣、捕神劉獨峰、四大名捕、單耳神僧、鴛鴦神捕、霍木楞登、諸葛先生、大膽捕快李代、細心公差陶姜、鬼捕爺這些人，主持法紀，制裁強梁。

他因慕雷純，而給招攬入「六分半堂」內。

雷純爲圖在蔡京面前搏取信任，才能在京師裡爭雄鬥勝，所以也故意在蔡京面前炫示了自己手上有驚濤公子這樣的人材。

蔡京是何等人也：他一面對吳其榮嘉許，並力邀吳驚濤在處斬方恨少、唐寶牛二欽犯一事中出力，但暗裡卻積極招攬吳其榮的對頭敵手：葉神油爲其效力。

蔡京曾試探並招引過吳其榮爲他效命，但他卻無法打動這個年輕人。

其實吳其榮不是不動心，而是他有幾點顧慮和隱憂：

一，他知道蔡京是極爲老奸巨猾的人，而且位高權重，跟這種人做人難、做事也不易，只有他把自己吞掉，沒有自己能吃掉他的事。

二，蔡京手下高手如雲，人材極多，自己雖然也是不世人物，但縱能受其重用，也鬥爭必多，他喜歡享樂，只對有興趣的事有興趣，但可不願意把時間心力耗費在明爭暗鬥上！

三，蔡京打動他的方法，他不喜歡：好像一副只要跟了他就會榮華富貴、青雲直上的樣子，他覺得沒意思。

何況，他想跟從雷純。

他喜歡雷純。

因爲他跟雷純做事，可以使他滿足、驕傲，甚至更像個男子漢、大丈夫。

這只是第一個理由。

原因可不止這一個。

雷純還能「對症下藥」：

由於多指頭陀的引介，雷純一見這個年輕人，就摸清楚了他的性情，她馬上把「六分半堂」裡三件「最重要的事」都交給吳其榮去辦，而且還跟他這樣說：

「你是人材，我們『六分半堂』雖然在京城裡也是數一數二有實力的幫派，但還是請不起你。你若能爲我們做事，我們唯一能報答的，就是給你做大事，和做重要的事！」

就這一句，驚濤書生就服到了底。

他本來就對雷純好感，而且更不惜爲她賣命。

因爲他只要個「識貨的人」。

雷純賞識他。

更且，其實雷純也口裡說「請不起他」，但在他加入「六分半堂」，只要他要，銀子花不完；也只要他把「大事」做好，他的地位就屹立不倒，而不需要去應付些什麼官場上的事。

專才，固然重要，但人材都得要銀子培養出來的。

雷純派他「陪侍」蘇夢枕，實則是「監視」蘇樓主，對這任務，吳其榮初不願意，但雷純只向大家問：

「我有一項極爲艱巨的任務，執行的人不僅要身懷絕技，還得要聰明絕頂，能隨機應變，且又能忍辱負重的不世人物才能執行。」

她一早已叫狄飛驚暗示大家，誰也不要挺身出來認這號人物。

然後她又幽幽的道：「既能屈又能伸，武功智慧皆高的人，太少了……我心目中是有一個，但請他做這事，確又太耗費了他這等人材，太過委屈了他。」

說著時，眼尾瞟向吳其榮。

吳驚濤便立刻出來表明願爲效力，雷純也在表欣慰之餘，馬上補充了這任務的重大意義：

「你表面上是陪伴一個病人，但這病廢者卻是當今京城裡第一有勢力的可怕人物，他隨時可能復起、造反、對抗我們，他一個人勝得過一支軍隊，但，也只有你，能一個人制住一支軍隊。」

從此，吳驚濤便盯死了蘇夢枕。

蘇夢枕在形格勢禁、病入膏肓而又遭樹大風餵毒縱控的情形下，加上驚濤書生這等人物晝夜匪懈的監視，他才無力可回天、無法可翻身，最後只好一死以謝天下。

但他在撒手塵寰之前，仍然把自己一手培植上來但也一手毀掉他的結義兄弟白愁飛打垮。

如此，雷純更摸清楚了吳驚濤的脾氣。她知道驚濤書生喜歌舞古樂，她予之獎賞，便多賜予他些精於此道的舞孃樂妓。

她為要向蔡京表示並無貳心，而又真的掌有實力，只好在「監斬」事件中出力「示威」，但她又不欲「六分半堂」的子弟全面陷入跟京城武林豪傑對立的絕路上，是以她就派出了驚濤書生出陣。她知道吳驚濤不會背棄她的。

吳其榮向來只記恩怨，不分是非。

他覺得這是大事。

雷純派他去辦「大事」，他覺得十分榮幸。

他當然全力以赴。

蔡京見雷純荐了個驚濤書生來，就心知這人他拔不動的，他一面歡迎接受，暗自請動葉神油相助；一方面他又表示這次「伏襲」的事，是由多指頭陀、龍八等負責，與他無關，所以，吳其榮應向他所指派的人效力。

他不想受雷純這個情。

——最難消受美人恩，像蔡元長這種狡似狐狸精過鬼的人，當然知道什麼要「受」，什麼得「卸」，什麼應「授」，什麼非得要「推」不可，什麼一定得要「消」還是「化」才可以。

吳驚濤當然不服龍八、任勞任怨這些人。他勉強對多指頭陀有好感。是以他願意接受多指頭陀的調度。

多指頭陀與他聯繫的方法，便是用樂器：簫。

他本與多指頭陀就是先以音樂相交。他素喜音樂，見多指頭陀以九指捻琴，卻能奏出千古奇韻，心裡總想：

——能彈出這等清絕的音樂來的人，心術再壞，也壞不到哪兒去吧？

——這朋友能深交吧？

殊不知他這種想法，就似當日王小石覺得：「蔡京能寫出這樣清逸淡泊的字，人品必有可取之處」一樣：其實字是字、音樂是音樂、藝術是藝術，跟人品沒什麼太大的關係；你至多只能從那個畫家的作品裡看出他感情強烈，但決看不出他是否曾經強姦。其實王小石也不見得就信蔡京的字，他主要爲的是要使白愁飛相信他會去格殺諸葛。

他服膺於雷純，也是一種思慕之心；可是這道理也跟前例一樣：一個女子長得漂不漂亮，跟她是否純潔、善良，其實完全沒有什麼特定的關係。

可是吳其榮完全是以一種赤子之心來思慕雷純，甚至還想盡辦法來使自己「瘦」一點，「好看」一些。

驚濤書生這個人很奇怪，他一旦心情不好，或生起了懷才不遇的感覺，他就不斷的吃東西和上茅廁，並且任由自己胖下去。

這是一種自我放棄。

他只要心情一壞，便也不愛惜自己了。

他一旦遭受挫折，就會這樣子。

直到他遇上了雷純。

雷純關心他。

對他而言，那比世上任何報酬都要高、都更好。

那是令他看重自己的感覺。

所以他要爲她做事。

爲他而使自己別那麼「胖」。

爲她賣命。

——有時只要雷純一句溫言柔語，便勝過一切獎賞。

雷純就是知道吳驚濤這點特性，所以她放心讓驚濤書生參與蔡京的陰謀計劃，

因爲她知道她不會失去他的：

他只會爲她去做「大事」。

六　大事急事重要事關你屁事

大事不一定是重要的事。

有些事對某些人來說，是了不起的「大事」，但對其他的人而言，根本不是什麼重要的事。

例如你爲應考而緊張，覺得這是不得了的「大事」，但對主考官來說，這只不過是「平常事」一件。

就算國家「大事」，也是一樣。

的確，有的「大事」，也是「重要事」。歷史上很多重大的戰役、重大的改革，都如是觀。

但大部份的「大事」，卻不如何重要，在歷史的長河裡，一些當時叱吒風雲的人物、一些震驚天下的變局，乃至一些血肉橫飛的鬥爭，只不過是一口井裡的風波，算不了什麼大不了的事。

雷純是給吳其榮辦「大事」：

「大事」使驚濤書生覺得自己很重要。

可是這些大事其實並不重要：一如皇帝任命童貫、朱勔等去江南運辦「花石綱」，他們覺得都是何等風光的「大事」，但在歷史的評價裡，那只不過是「醜事」而已。

——其實，縱辦不成這些「大事」，對「六分半堂」和雷純也依然無損。辦成了，自然最好不過。

如果是舉足輕重、定判成敗的重大事，雷純當然在委派上自有分寸。而且她會先徵詢狄飛驚的意見。

狄飛驚只用了很短的時間，已弄清楚了雷純的策略，如執行計策的方式；他又用了很少的時間，已適應了雷純的方式與風格；他也只用了極有限的時間，已弄明白了吳其榮的個性和雷純任用他的辦法。

他理所當然也責無旁貸的去配合雷純——一如他去配合雷損一樣。

於是，吳其榮在「六分半堂」裡繼續去辦他的「大事」；當然，有時也常辦「急事」。

人的一生，多辦的是「急事」，但「急事」不見得就是「大事」，更不一定是「重要的事」。

像要「如廁」、「吃飯」、「服藥」、「餵（孩子吃）奶」、「洗衣」、「耕種」、「工作」、「購（日用品）物」、「應酬」等等，就是「急事」，但完全不能算是什麼「大事」。人的成就，八成以上要押在去辦「重要的事」裡，而特別大成功的人還會辦成「大事」。可惜，一般人的時間，多浪費在瑣碎的「急事」裡，「急事」、「瑣務」愈多，能花在完成「重要事」、專心在「大事」上的時間和心力愈少，自然成就也就愈低了。

這是很遺憾的事。

驚濤書生自從在水晶洞裡習成「活色生香掌功」和「欲仙欲死掌法」，立志要作一番驚天動地、驚濤駭浪的志業，但入江湖不久，便知道光憑武功，還真不能遂志如願，於是，他把「辦大事」的野心日漸收斂，連「重要的事」（例如像以前一樣勤加習武，以俾有日大展身手、盡展才能）也少辦了，日常裡，得享樂時便享樂，聽歌看舞愛美女，已是辦「急事」的多，做「好事」日少了。

一個人的成就，主要是在他做了多少「重要的事」上，而不是在「急需的事情」上。

——久而久之，吳其榮已愈來愈不長進了，而且也愈來愈甘於不長進了。

花枯發則不然。

他既無意要做大事，也不管政事，但卻跟溫夢成一樣，都是民間百姓各行各業所推舉出來的領袖，他們也都喜歡「管不平事」。

他們只要稍有「抱不平」之心，就難免跟蔡京一黨的人對立；事實上，只要稍有正義感的人，就一定不值蔡京、朱勔、童貫、王黼、李彥、梁師成等人所作所爲。

由於蔡京當政當權也當令已十數年矣，雖二遭罷相，但仍大權在握。他投機鑽營，盤剝人民，已到了無恥已極的地步。由於得到皇帝趙佶的極度信寵，他又好虛飾顏面，所以一旦妄作胡爲，便先號稱：「這是先帝之法」，「此乃三代之法」，甚至還諉說那是神宗熙寧、元豐時期的「遺意」，而且竟可以不必知會皇帝，私發手詔，謂之「御筆手招」，妄佈聖旨，用以殺盡忠臣良將，廣植黨朋，因而，事無巨細，國家大事，萬民生計，全落在蔡京一人一黨手裡。

凡是大臣有疑，他就下詔格殺滅族。凡有頒佈，怕人疑他爲私謀，就說「此上意也」，而且一個命令頒佈下去，善則稱己，過則稱君，更使民意沸騰，天下之怨憤均加之趙佶身上。

可是說也奇怪，趙佶還是信之不疑，甚至蔡京幾次假意辭官，趙佶還哭著哀求挽留他，並讚他：「公縱不愛功名富貴，也得爲社稷著想啊！」

蔡京既有皇帝的信任，更胡作妄爲：譬如他的「方田均稅」法，把天下地主土地強加「濃縮」，本來多的，忽然變少，本來大的，突然變小。本來三百多畝地，現已縮爲三十畝；但農民的稅卻大爲「暴漲」，本來三十文錢稅賦，而今卻要交近二千文。這使得天下農民俱叫苦連天。

他又實行「免役法」，使得凡是中上等人家不必繳納免役的稅銀，全讓下等人家代繳，稅務重苛，竟比神宗變法時還多加了八十餘倍。官僚地主，絡繹不斷地進奉蔡京，負擔倒減輕了，但貧民百姓可苦極了。

蔡京這還不夠，還實行了「鹽鈔法」。他壟斷了鹽的專營，要鹽商交錢給他，利益全歸於他控制的部門。鹽鈔經常更換，舊鈔沒用完，又發新鈔，常以三至五倍的價錢，才換得同一份貨。沒有錢換新鹽鈔的，舊鈔全廢，不少人傾家蕩產。這次，連富商巨賈也有抱幾十萬緡錢的，因流爲乞丐，只好跳水自殺。當時，百姓食不起鹽，吃不起米，臉有菜色，餓殍遍野。客死異鄉，孤兒寡婦，號泣更嗆天呼地，奄息求生者不知其數。聞者爲之傷心，見者爲之流涕。蔡京趁機提高鹽價，原一萬貫可買三百斤鹽，他一點頭就抬到四萬貫，且在米中摻沙，鹽裡摻泥。

這一切狂徵暴斂，任意敲詐，肆意搜刮，也不過爲了蔡京的享用奢靡，以及附同蔡黨官僚冗濫花費，還有就是供皇帝趙佶一人的無度揮霍而已。

這還僅在盤剝勒索天下百姓黎民之一二例而已。至於蔡京其他榨取人民血汗勞力的作用，像著名害人殘民的「花石綱」等所作之孽，還不包括在內。至於他懷奸植黨，盡斥群賢，由於不是直接衝擊「發夢二黨」，也不是直接對付花枯發和溫夢成，但其中好些忠臣烈士，溫、花二人或素仰其人或曾是舊識，對此也十分厭憤。

何況，溫夢成和花枯發曾在壽宴上受到任勞任怨的暗算，著了「五馬恙」，以致受制於人，連累門人、友人受辱傷亡，心知「二任雙刑」當然是蔡京遣來殺害京裡正派武林人物的，本已十分憤恨，後來白愁飛一番造作，且任怨手中居然還持有「平亂玦」（這「平亂玦」原是御賜給「四大名捕」，用以敉亂殺賊，警惡除奸時，可以先斬後奏，有生殺大權，不必先請准而後行刑之信物），九成也是向來「假造聖旨」、「欺冒御詔」的蔡京而為，對蔡黨一夥人更是痛恨切齒。

再說，花枯發更曾有親眼目睹親子給蔡京派來的劊子手活生生剝皮而死的血海深仇。

所以，他更是仇恨蔡黨的人。

他們在低下階層的黎民百姓間，甚孚眾望，故此，常聽貧民哭訴，頻聞江湖中人談起，而今奸相當道，民不聊生，生靈塗炭，屍橫遍野的情形，「發夢二黨」的人都甚為悲憤，恨不得要食蔡京髓、啖蔡黨肉、且將蔡氏當權一族剉骨揚灰，方才甘心。

因而，他們聽聞「金風細雨樓」的好漢（同時也是「七大寇」裡主要成員的）唐寶牛和方恨少，居然在「尋夢園」裡把他們心目中的「天下第一豬玀」：皇帝趙佶，以及「天下第一奸惡」丞相蔡京揍了一頓，且打得臉青鼻腫的，當下人人拍手稱快，喝采不已，只恨唐、方二人，沒真的橫狠下來一氣把沒骨頭的皇帝、沒良心的丞相活活打死。

之後，又聽聞蔡京要當市處斬方、唐二人示眾，「發夢二黨」的人已下定決心劫法場，於是，花枯發和溫夢成各自帶黨裡人馬、派中子弟，裡應外合，營救這兩名他們心目中的漢子。

事情變成了這樣：

吳其榮爲了要幫雷純「做大事」而跟爲了要跟蔡京作對的溫夢成、花枯發二人成爲敵對，決一死戰。

或許，這在佛家而言，兩個完全本來毫不相干的人會因爲一些十分偶然的因素而聚在一起，不管爲敵爲友，都是緣份。

只不過，他們非友，是敵。

所以，這是惡緣。

同時，也是惡戰。

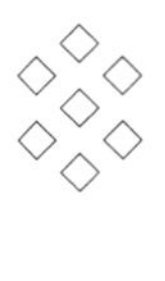

驚濤書生吳其榮一面抹汗，一面殺入「回春堂」。

由於「回春堂」是指揮這次「劫囚行動」的重樞。主持這行動的花枯發，他當然不讓吳驚濤奪得這重地。

於是他一個箭步就跳了過去，作勢一攔，叱道：「退回去！」

吳驚濤笑了。

嘴很小。

牙齒很白。

說話也很輕柔。

「你是花黨魁？」

花枯發哼道：「我知道你，我識得你。驚濤公子，我們本沒仇沒怨，你幹麼爲奸相殺我黨人？」

吳驚濤又在揩汗，卻問非所答：「我不想殺你，也無意結怨。你走開，我進去，各走各的，我就不殺你，大家都好。」

步！」

花枯發怒極了：

「蔡京胡作非爲，關你屁事！要你爲虎作倀！滾回去，否則我要你血濺五

吳驚濤搖搖頭，只管向前走了一步，說：「蔡京的事，關我屁事？不過——」

說著又踏了一步，睨向花枯發：「我既然來了，而且答允過要制住你們的中

樞，我就一定要做到——」

又行了一步：「反正，我手上已染了你們黨徒的血，已洗不清了，你要活不耐

煩，那我就成全你吧——」

邊說時又走了一步，忽然停下來，凝視花枯發，道：

「我已走了四步了——你真的要我走第五步才肯倒在自己的血泊中嗎？」

花枯發怒吼一聲。

出了手。

七　試招餵招陰毒招不打自招

花枯發向吳其榮第一次出手，是旨在試招。

他瘦小、精悍，身上的每一兩肉似都榨不出油卻能磨出鐵汁來。

他容易狂怒。

他時常暴跳如雷，打人罵人，甚至殺人——就別說他的敵人了，就連他的親友、門徒，也很怕他。

不過，其實他一旦對敵的時候，他的狂暴便完全轉爲冷靜、敏銳，絕不受個人情緒所影響。

當然了，要不這樣，他也不成其爲一黨之魁。

——能在京華裡當上個市井豪傑的首領，可絕對不是簡單的。

花枯發看來毛躁，但也心細如髮：這可以從他接管了佟瓊崖（佟勁秋之父——詳見《一怒拔劍》一書）的鹽、油、布、柴、米、醬及馬、駝、騾的行業後，不到三年，便可以應付苛稅繁徵，並團結了各路好漢，爲「發夢二黨」效力，便可見一斑了。

他第一次向驚濤書生出手，並沒有用兵器。

他只向對方出手。

真的出手。

——手就是他的武器。

◇◇◇◇◇◇

他五指駢伸如一葉，直戳向吳其榮。

◇◇◇◇◇◇

吳其榮頭也不抬，立即反擊。

他也是用手。

掌。

兩人就這樣，對了一掌。

◇◇◇

這一掌對了下來，好像都沒什麼。

吳其榮眨眨眼。

花枯發揚揚眉。

兩人都沒怎樣。

但半晌之後，忽然，在花枯發身後十一尺餘靠正面牆壁有一桌子，桌上有一口大瓶，瓶子忽「啵」地一聲，裂了，碎了，瓶中藥丸，滾落一地。

得得得得得得……

馮不八、陳不丁這時趕到，看了迸裂的瓷瓶碎片，再看看滾動中的藥丸，轉首才發現花枯發原來已退了三步。

這時際，吳驚濤又拔步前行。

花枯發也在這時「拔」出了他的武器。

葉。

葉子。

他的武器是一片葉子。

——不是小葉子，而是偌大的一片葉子：

椰子葉。

他把椰葉舞得發出破空尖嘯，就像一把兩邊佈滿鋸齒的鋸刀，猛向吳其榮當頭耙落！

這葉子竟像是純鐵鑄造的。

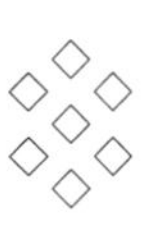

誰都看得出來，花枯發這一擊，是動了真火。

驚濤書生抬頭看了一眼。

只看了一眼。

他出手，出手一掌，一掌拍在「榔葉」上。

「啪」的一聲，驚濤書生晃了晃，花枯發悶哼一聲，看來，跟先前一樣，誰都沒有什麼異樣。

可是，在花枯發背後牆上原來掛的一張王小石手書：「一簑煙雨任平生」的字題，忽然碎裂成片，片片翻飛紛然落下。

這掛軸是一張紙，軟的，能給內勁激成碎片，遠比撞碎花瓶更難上三十倍！

這使得陳不丁、馮不八馬上感覺到：

好像是花老頭吃虧了。

所以他們越發感覺到他們趕援「回春堂」此項行動是做得對了。

他們立即加緊了陰招，馮不八的「龍身虎頭拐」一陣狂掃，了賬了七、八名官兵；陳不丁的「五鬼陰風爪」，一爪一個，已擰斷四名官兵的脖子，三名官兵的膀子，兩名官兵的腿子。

他們要立援花枯發。

可是花枯發並沒有氣餒。

一個好戰的人是不易氣沮的。

——何況是他：一向在挫敗中建功立業的花枯發！

他馬上還招。

這一次，他又「拔」出另一件「武器」：

還是樹葉。

——一張好大的樹葉：

芭蕉葉！

他一葉砸向吳其榮，就像持著一把大關刀，呼風喚雨的斫向這文弱書生頭號大敵！

◇◇◇

吳其榮只哦了一聲，出手。

仍是一掌。

掌擊芭蕉葉上。

悶響，像是一個人給熇在布袋裡暗啞的叫了半聲。

之後，吳花二人，同時向後退了一步，也沒什麼事故。

看來，他們二人就像在互相餵招，既沒什麼惡意，甚至也沒啥敵意似的。

過得一會，轟的一聲，花枯發背後的整棟牆，忽然倒塌了。

完全坍倒了。

完完全全徹徹底底的潰倒了。

花枯發居然笑了。

他猱身又上，這一會，他是芭蕉葉、椰子葉左右開弓、雙龍出海，一齊攻去！

吳其榮仍沉著應戰。

馮不八、陳不丁卻一眼已看出來了，知道花枯發已吃上大虧了，連忙呼嘯連聲，拐杖鐵爪，一齊攻向驚濤書生。

——花枯發「雙葉」並攻，再不從容，等於對自己敗象已不打自招。

經過喪子之痛的花枯發，還有在壽宴上慘被羞辱的「不丁不八」，對付敵人，已再不容情。

八　怒笑輕笑美人笑請勿見笑

馮不八的杖法，只有一個訣要，那就是：

——砸！

她一面打，身子一面不住的旋轉，凡她杖風過處，無有不當者披靡，無有不摧枯拉朽的。

她一面運杖如風，一面披頭散髮，尖嘯不已，不知者以爲她發了瘋，其實這也是她制敵、懾敵之法，使敵人心亂神悸，她便急攻猛打得利。

甚至以窮追猛打取勝。

——這種戰術，本只屬於天生魁梧的猛漢才能以勢逼人，但馮不八卻藝高人膽大，非但敢用，而且反而能將她瘦小的身形作最猛烈的發揮。

她是以性情運使杖勢，而不是以身形。

陳不丁則不。

他夫人馮不八使的是至剛至猛的杖法，他的爪法卻至陰至柔，更十分狠毒。

他跟他的夫人一樣，也有成名兵器。

他的兵器是一支伸（有八尺長）縮（只一尺四寸）自如的精鋼雞爪撾。

他的筆撾專搗人要害、死穴。

他不止扭斷人頸、頭，也擰甩敵人的手足四肢，更連耳朵、鼠蹊、十指、十趾，無一不沾著即爲之絞碎扭折。

他以右手執鋼撾，左手空著。

但空著的左手，使出鷹爪、虎爪、豹爪、雞爪、鷲爪功，殺傷力更尤甚於拿武器的那隻手！

他與馮不八合攻吳其榮，再加上花枯發的「雙葉」。

可是，吳其榮依然前行。

雖然他前行已緩，但仍在前行。

他的雙手，也發出了一種斑斕彩芒，漸成紫色。

他每遇上陰著、絕招，他的手也只不過是動那麼一點點、一些些、一下下，就把對方可怕的攻勢瓦解了、消解了，而且還是解決於無形。

他好像只心意一動，就能馬上作出了反應，他的勁氣完全是來自丹田，但又似蘊自天地間，只要一動意就馬上抖決迸發，似乎已達到了絕代高人的那種：「一羽不能加，一蠅不能落，一觸即有所應」的絕滅境界。

他仍向「回春堂」內徐徐走去——彷彿他一旦起步，就絕不回頭，決不停步；又彷似有人向他下令：「攻入回春堂，否則死在當堂」，他已沒了回頭路可走，就只有前行一途了。

所以他在進。

換句話說，反而是合戰他的三大高手：陳不丁、馮不八、花枯發在節節後退了。

不過，由於是四人交手之際，罡風、陰風、花葉風狂起，而又縱發出極其艷麗的紫光霞彩，這卻吸引了剛救了班、羅二師徒的溫柔之注目。

她一看：嘩，很好看。

所以她決定要加入這戰團。

——你說，她溫柔大小姐決意要加入的戰團，能有人攔得住她麼？

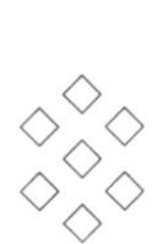

我們的溫姑娘自己心裡明白：不知怎的，很多人都無緣無故的喜歡她，而她也常很好運氣的遇上了許多貴人，但也有不少的人不問情由的妒忌她、嫉恨她，巴不

得她快些消失、希望她早些死——可她溫女俠就是不死，就是不退，她偏要在這多風多雨多險惡的大江大湖裡晃來晃去，且做些更教人羨煞、空自嫉恨的大功大德大件事來！

她也知道：這些年來，她闖了不少禍，惹了不少事，但只要她溫大姑娘本意是良善的，宗旨是幫人助人的，管他什麼人嫉之恨之妒忌之，她依然我行我素、自由自在、人見人愛、大顛大沛、高來高去的闖江湖，混紅塵，開開心心過日子，快快活活度歲月，管他漁樵耕讀，理他帝王將相，她姑奶奶照樣對對她好的人好、對對她壞的人壞，幫善人行善，與惡人鬥惡，除了蘇夢枕的死，使她傷懷，白愁飛的逝，令她惆悵外，她可鬥雞摸魚、鬧狗追貓的照樣逍她的遙、自她的在！

她一向都很任性。

她就算明知自己任性，但仍率性而為，就算她日後因而遭厄，但她至少已任性任情過，最少也曾率性人間走一回！

她才不管！

也不後悔！

她趕了過來，是要懲戒膽敢闖入「回春堂」的人。

她也不很明白要參與這場格鬥的真正理由是：到底是為了不容任何人侵入當年

王小石替人治病療傷的根基之地，還是爲了那抓聲杖聲葉聲及燦亮好看的紫霞之氣而來的？

誰也不知道。

——反正，她要過去，就過去了。

她掠了過去，對吳其榮戟指大罵，且一刀便斫了下去！

刀光美麗。

美麗的刀光。

刀法輕柔。

輕柔的刀法。

吳其榮這人也沒有什麼特殊的戰略。

在「特別命令」未接得之前，他已選定了佔領「回春堂」這一作戰意志：只要佔據了敵人的指揮中樞，且不管整體戰役有沒有落敗？囚犯有沒有被劫？都不重要，重要的是：

——他已佔領了敵人的要害，已替雷純掙回了一個面子。

他對敵的方式也很簡單，幾乎跟一般人全沒啥兩樣：

擋我者死！

逆我者亡！

所以，多一個敵人跟少一個敵人，對他而言，並沒有多大的分別，也許分別只不過是在：

他又得多殺一敵而已！

◇◇◇

他出手就是一掌。

這一掌遙劈迎向溫柔，居然還帶著極其好聽的聲音，令人如聞仙樂。

溫柔根本想也不想，一刀就劈了過去。

她不怕。

——她根本什麼都不怕。

江湖上，很多人就是討厭她這個：因爲她什麼也不怕。

而且根本就不知道什麼叫害怕。

但世間偏偏就有這種人物：她（他）也許不是有什麼特別的本領，但就憑運氣、貴人和美貌，能如意吉祥、自在快活的在天下闖蕩，偏又不生什麼意外，縱有意外也能化險爲夷。

武林中有的是忌妒他（她）們的人，但更多的是羨慕者，他們特別想知道她（他）們的消息，無限嚮往。

溫柔這一片刀光明淨如星光——但是不是能抵得住「活色生香掌」的第二層境界，殊爲難說，甚至大家不看結果，也能測出一二。

但更無稽的是：溫柔竟然撤去了自己斫出的那一刀。

因爲她覺得那音樂很好聽。

所以她忘了——同時也不想煞風景——把那一刀繼續砍下去。

她連那一刀都撤了，如何還抵擋得住吳其榮那名列當今六大高手的看家本領？

溫柔索性不揮刀，還銜著那一掌，笑了一笑。

這一笑，可真是好。

而且美極。

——這一笑，也許對任何人，都起不了什麼作用，但對吳其榮，可真管用！

吳驚濤呆了一呆，怔了一怔。

——他可是一個愛極了女人的男人。

這時，花枯發、陳不丁、馮丁八想上來搶救，都沒有用。

他們闖不過吳其榮另一隻手：驚濤書生以單掌施展「欲仙欲死」神功。

掌影如山。

他們闖不過去。

突不破。

三人欲救無及，吳其榮卻因那一笑，長嘆一聲，忽然也撤了掌，而且居然還有點失魂落魄。

溫柔見了他的樣子，忍不住又笑了。

輕笑。

吳其榮撤手的原因很簡單：

他喜歡女子，尤其喜歡美麗的女子。

他也不算是太好色，至少，從沒有爲了性慾和恃著自己一身武藝去欺凌過任何女子、佔過任何女人的便宜。

他總覺得美麗的女子是最乾淨的，就像他當年躲在水晶洞裡修煉絕世掌法的奇石一樣：最晶瑩漂亮也最是聖潔。

出道以來，他總是不忍心殺女人——尤其是靚的女人。

他也不知道爲什麼，對女人，總是有一種溫柔的感覺，而且還有一種莫大的親切和友善。

他甚至有恨自己爲啥不是生而爲女人，但卻不幸已身爲一名臭男子！

所以，他忽見美麗的女子這一笑，還帶著薄怒輕嗔，竟瞑目噘起了紅唇挨受自己一掌的旖旎神情，他這一掌，竟拍不下去。

溫柔見對方那一掌竟沒劈下來，而且音樂聲已消失了，但香味仍在，她大失所望的說：「什麼掌法？聲音好聽，而且好香。」

吳其榮居然有點赧然的說：「是活色生香掌，姑娘請勿見笑。」

溫柔正待答話，忽聽「吱啞——」兩響，眼前忽然一黯。

原來又一人掠了進來。

這人一身紅袍，白髮如皓，說話如雷響，正是「夢黨」黨魁溫夢成：

「這點子扎手！咱們關門起來打狗！先把他放倒再說！」

原來溫夢成知道驚濤書生難辦，生怕知交花枯發和老友不丁不八及故人之女溫柔吃虧，所以便闖了進來，先關起門來合力把這頭號大敵格殺了再算。

這一下，門已拴起，溫夢成、花枯發、陳不丁、馮不八、外加一個溫柔，五人就對付一個「驚濤書生」吳其榮。

九　拚命搏命不要命注定此命

吳驚濤以孤身一人，力敵花枯發、馮不八、溫柔、陳不丁、溫夢成等五人，戰況如何，因「回春堂」的門緊閉，外頭的人不得而知。

直到多指頭陀吹響了簫聲。

簫聲奇急。

情也急。

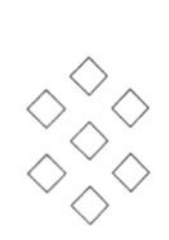

簫聲甫響，「轟」地一聲，「回春堂」的大門像著了雷殛，忽然開始像一頭給抽了筋的熊似的，坍倒軟塌了下來。

但是在大門未坍毀之前的一剎那，大門給「砰」的撞了開來，一人呼地掠了出來。

那人飛掠得如許充滿勁道元氣，以致那棟厚厚的板門還未及裂開掉落，人就已經如勁矢一般彈了出來，使得那木門正面出現了一個像用刀剜出來的人形。

飛掠而出的是吳驚濤。

不。

他是倒飛而出的。

他急（退）掠向多指頭陀。

他是聞簫而至的。

但他才撞出了個人形洞口，倒掠而出，另外五人，已一起（齊）撞開了木門，追殺而至！

他們的身形也極快。

因爲輸不得。

——五個人（要不算溫柔，至少也有四大高手）尙且攔不住一個後輩，日後再待在江湖豈不給人笑箇臉黃？

而且也輸不起。

——要是給吳驚濤回援戰局，豈非讓劫囚的同道們更雪上加霜？

他們急追而至，但五人一齊撞向木門，兩扇木板門自然粉碎——他們就在碎木屑片中急追吳驚濤。

——他們一離屋子，「回春堂」的大門始告完全倒塌。

人未到，看家本領已至。

花枯發的「雙葉」：他以葉片爲暗器，追射吳驚濤！

溫夢成使的是「百忍不如一怒神功」，他在盛怒中出手，發出了排山倒海的攻勢，每一道攻勢都必殺驚濤書生。

陳不丁的「五鬼陰風爪」、馮不八的「虎頭龍尾狂風落葉杖」，自是追砸猛擊吳其榮，連溫柔都飄身而出，揮刀斫向驚濤書生。

——皆因他們都省悟了：驚濤書生吳其榮既能在酣戰中乍聞簫聲，說走就走，馬上就能撇開跟他對敵的五人，即援主戰場，也就是說：此人戰鬥力之強，遠超乎想像，若制他不住，要救待斬的唐寶牛、方恨少，可謂庶幾難矣！

這次連溫柔都省覺了這點。

所以他們都傾全力追擊。

這時，群豪在朱小腰引領衝刺下，往龍八、多指頭陀押犯之處猛攻不已。

吳驚濤一面倒踩而掠，每一步都踩踏在官人、兵和群豪身上，都準確無誤，只要足尖在他們頸、肩、背、乃至頭上輕輕一沾，立即彈起，如巨鳥般投向戰鬥的軸心；但他另方面卻不閒著，他迎著五名追擊的高手，一一還招：

他的左掌發出燦爛的色彩，向陳不丁攻出了十四掌。

陳不丁的「五鬼六壬白骨陰風爪」完全無法施展開來。

他的右掌響起了極好聽的風聲，向馮不八劈了三掌。

馮不八幾乎招架不住，連「虎頭龍尾狂風掃落葉」鑌鐵拐杖也幾乎脫手而出。

他的左手和著種香味，軟綿綿的向花枯發送出了一掌。

花枯發的「雙葉」攻襲已給他這一看似無力的掌勢瓦解，連「一葉驚秋」的殺手鐗也給他一掌化解摧毀。

他的右手震起一種極微妙的悸動，向溫夢成攻了十七次。

溫夢成幾乎給一種「欲仙欲死」的顫動激得攻勢完全消失於無形，他自己也幾乎「欲仙欲死」去了。

只有溫柔能追及他。

溫柔的輕功，決不在溫、馮、陳、花之下。

她外號就叫「小天山燕」。

她的身法是「瞬息千里」，那是紅袖神尼的獨門身法。

所以她後發而先至，居然追得及驚濤書生。

但當她追及吳驚濤之際，陳不丁、花枯發、溫夢成、馮不八四大高手都給迫落了下去；吳驚濤對她能追得上來，似也頗感意外，輕嘆了一聲道：

「妳真的要迫我殺妳？」

一掌迫退了她。

然後他就出手殺人。

——殺的不是溫柔。

而是朱小腰！

◇◇◇

不只他殺向朱小腰，另一個人也掠向方恨少那兒！

而且出了「劍」！

——誰？

「劍」！

他是世上唯一以一個「劍」字爲名的人：

羅睡覺。

◇◇◇

羅睡覺本來好像是已睡了覺，而且還是睡得極恬、極沉、也極入夢，就算動手，也好像不應該是他，而是他身邊的其他六位劍手，他只是專誠來睡這一場覺的。

然則不然。

他突然醒了。

睜目。

拔劍。

動手。

——要知道：醒了，睜目，拔劍、動手，這四個動作，是同在一剎瞬間完成和發生的。

而且他拔劍的方式很奇特。

極爲奇特。

天下絕對不會有人這樣拔劍。

武林更不會有第二把那樣的「劍」。

他「拔劍」的方式是：

脫鞋。

他穿的是靴。

長靴。

他一脫了靴，就完成了「拔劍」的動作。

因爲他的腳就是他的「劍」：

腳劍。

——這就是他命名爲「劍」的真正原因：

他人劍早已合一。

腳就是他的劍。

甚至還發出浸浸的劍芒來。

甦醒、睜目、拔劍、動手，四個動作，一氣呵成，主要是因爲：

他聽到了一個命令。

他這次來這一趟，只答允一件事：

——一聽到簫聲，即得回援，只要聽到暗號，就即殺掉命令裡要殺的人！

他收到的命令其實與吳其榮頗爲近似：

——一旦聞簫，馬上出手殺掉命令中要他幹掉的人！

現在簫聲已起。

命令已下。

殺人的時候到了！

就在這時，一條人影，越眾而出，搶在眾人之先，左手五指，直插多指頭陀劍下唐寶牛的面門。

這一下，可謂十分意外。

人人都出乎意料之外。

——這身裁窈窕，身著粉紅色衣裙，高髻長袖，面罩緋巾的女子，不是屬於來劫囚的那一個人的嗎？

——何況，這女子還明顯是這一干劫欽犯惡客的領導人物：她曾帶領人馬，幾次衝擊，無奈都給「服派」馬高言、「哀派」余再來、「浸派」蔡炒、「海派」言衷虛等人勉強敵住。

可是，這一下，本來大家都凝住了，她卻突然衝了上來。

本來，衝了上來還不打緊。

因爲多指頭陀還應付得來。

但多指頭陀再聰明審慎，也沒料到的是：那女子上來，竟不是向自己而是向唐寶牛下手！

不但多指頭陀料不到這一點，大家都沒料到。

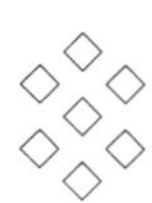

要是一個人，忽然上前來搶走你手上的重要事物，你本能的反應會怎樣？

多指頭陀的反應是：

馬上揪起唐寶牛，向後一扯。

——唐寶牛是欽犯，這人一上陣就殺了他，說什麼，也不大妥當。

——而且，來人在他手上殺了唐寶牛，就跟自己親手殺死唐寶牛沒什麼兩樣：來者要選在這時候殺唐寶牛，必有陰謀，他才不讓對方得逞。

所以他拎起唐寶牛往後一挪。

唐寶牛牛高馬大，可不是輕量人物，多指頭陀及時拉開了他，但也震痛了傷痛之指。

這一痛，倒疼得他齜牙咧齒的。

然而那女子的攻勢，卻十分狠辣、狠毒！

她二指一駢，又戳向唐寶牛印堂穴來！

多指頭陀再也不及細慮，又將唐寶牛往後一扯：索性藏在自己身後再說！

可是這一下，那出招狠毒的女子才發動了真正的攻勢：

她右手五指駢伸，急戳多指頭陀喉頭！

同時左手兩指「二龍爭珠」，疾挖多指頭陀雙目！

她從一現身率群雄衝擊法場起，就以出手狠、辣、毒、絕見稱，而今更是招招狠，著著毒！

多指頭陀眼見今回她是衝著自己下手，心下不敢怠慢，八指彈動如穿梭，左鐵閂閂，右攔江網，封鎖住女子的來襲。

但仍防不勝防。

防不了的是她的腳。

——而且不是踢他的腳。

那女子的殺手鐧是在雙手猛攻向多指頭陀的同時，也無聲無息地疾蹴出兩腳。

最難防的，還是這兩腿，不是踢向多指頭陀，而是踢向唐寶牛。

多指頭陀大吃一驚，招架得住這兩招，卻已不及挪開唐寶牛了。

唐寶牛頓時著了兩腳。

多指頭陀這下當眾給一個女子逼住了，處處吃虧，顏面何存?當下怒叱一聲，八指像狂蛇亂舞，激顫了起來，攫向那女殺手。

那女子腰身纖細，隨風而舞，到得了後來，竟隨多指頭陀身上所逼出來的殺氣、指上所激出來的勁氣而跳而舞，端如天女，無依如一襲飄泊在空中、風中的舞衣。

——好美。

但觸不著。

沾不上。

多指頭陀猛攻了九招，忽聽身旁有異響，心裡大呼：上當！

但他反應已遲了一步，整個人已給人牢牢抱實，只聽背後的人呵呵大笑道：

「小腰，還是妳救了我！」

說話的人正是唐寶牛。

◇◇◇

上來施辣手也下毒手對付多指頭陀的當然是朱小腰！

她看準了多指頭陀的心理，所以，她一上來，反而不是救唐寶牛，而是要「殺」唐寶牛的樣子。

這一來，多指頭陀只有爲唐寶牛抵擋攻勢一途。

然後她才轉而力攻多指頭陀。

多指頭陀只好防守——她就趁其不備，踢向唐寶牛。

這一上陣心理轉易，就算多指頭陀發現她出腿，也只以爲她踢向唐寶牛，當然是先防禦她的攻勢保住自己，再理會唐寶牛的安危了。朱小腰正是要他這樣想。

其實，朱小腰那兩腳，一腳踢活了唐寶牛身上給封住了的穴道，一腳鞋尖彈出了刀鋒，割斷了縛住唐寶牛的粗索。

唐寶牛一旦解縛，自然又能自由「活動」了。

他見朱小腰親來救他，而且救得那麼拚命、搏命、不要命，顯然是對他有情有義，他跟她的緣份看來已命裡注定，而他自己是注定了要撿回這條性命的；他高興之餘，哈哈一笑，已老實不客氣的，只管把對敵中略失防備的多指頭陀抱箇死實的，活像抱住的是他的情人寶貝一樣。

十 親情友情夫妻情不如無情

以多指頭陀的武功，當然不怕朱小腰。

不過一如前文所說，多指頭陀最厲害的，還不是他的武功，而是他的智謀。

但多指頭陀之所以能無往而不利，說來也不是因爲他的智謀，而是他使人信重、讓人信任——因而，他下手、出手時每每多能得逞。

可是這一回，他對上朱小腰，一時失著，便處處失利。

俟他再要以力戰扳回局面，但背後已遭唐寶牛牢牢抱住。這一抱，他連簫也給打落了。

這一來，他的局面就凶險了。

甚至可以說：他遇危了。

抱住了多指頭陀的唐寶牛，忽然回過頭來，睜大銅鈴般的大目、掀開盤根錯節的亂髯厲髭，張開血盆大口向龍八吼了一聲：

「放——開——他——！」

他？

——「他」，自然就是方恨少！

局面急轉遽下。

多指頭陀非但已控制不住劍下的唐寶牛，反而還給他緊緊攬著，龍八本已夠驚心，唐寶牛這下對他猛吼一聲，更令他失心喪魂、膽震心寒。

龍八心一慌，手便亂，他本來就緊貼多指頭陀而立，原在這變局中最能及時解多指之危，並助他一把、扭轉局面的人，而今卻因這一怕，膽已生怯，兩人已迎面撲至，一支龍尾虎頭拐、一柄五鬼陰風爪已迎面打到——

龍八雖是武將，但他從來未真的帶過兵打過仗，完全是靠奉迎王黼、童貫擢升上來的人，而今又得蔡京賞識，成了相爺在京師官道和武林的召集人，此際忽逢變局，便缺乏應付的急智和膽色。

他第一個反應：便是保命要緊！

——敵人正排山倒海的一湧而上，而且來勢洶洶。

他知道這些人不是爲了他來。

而是爲了要救他手上的囚犯。

他甚至明白這些悍夫也不是只爲了方恨少，那是要拿了「表態」：

——表示支持那兩個不知天高地厚的死囚打了天子和宰相的態度！

龍八是聰明人。

——一個人能在狡詐貪婪、專權陰毒的蔡京手上當紅人，而且紅了這麼久，當然是聰明至極的人了。

所以他不是不明理。

他只是爲了自身的利益與安危，並不選對的事情去做。

——而只做對他自己有利的事。

這也許就是忠臣與奸官的分別。

龍八就是因爲知道這些，所以他立即下了一個「保命」的決定：

離開！

他馬上身退。

——遠離囚犯方恨少！

這一來，來人志在救囚，就不會追擊他了！

——何況，就算失了囚犯，在責任上他也不必揹得最重！

因爲還有多指頭陀。

——相爺既把調度「七絕神劍」和驚濤書生的號令和大權也交予那頭陀，這事自然就讓他揹箇正著好了！

而他自己？

還是保命要緊！

——有什麼事比活著更重要？

◇◇◇

龍八當真瀟灑，對他身上的職責，真是「理他也傻」，抽身便退，轉身就走！

只留下了多指頭陀。

可兇險了！

要是龍八能及時聲援他，或脅持方恨少以制唐寶牛，定必能舒緩多指頭陀此際之劣勢，可是，龍八這一走，對多指而言，無異於雪上加霜、落井下石，使他孤立無援，更難以扳回局面。

所以他爲了「保命」和「扳回勝局」，只好做了一件事：

「殺！大圈、崩頭、大菠蘿！」多指頭陀忽然大喊，他給唐寶牛箍住了胸頸，又忙於應付朱小腰急劇狠辣的攻勢，因而喘氣急促，好不容易才嘶聲喊得出這幾個聲音：「殺了救囚犯的人！」

這是命令。

——大圈、崩頭，大菠蘿都是「暗語」。

「大圈」是羅睡覺這次參與行動的號令字眼。

「崩頭」是吳其榮是次答允雷純助蔡京監斬行動的「密語」。

「大菠蘿」則是共同的「決殺令」！

——除了簫聲，只要有人說出這三個辭句，他們便會聽令行事。

至少做這件事。

這其實也是多指頭陀之所以參與及主事這次監斬埋伏行動的重要理由。

因爲他得到蔡京的信任。

蔡京告訴他「暗號」，由他來號令羅睡覺和吳其榮。

——有「劍」和「驚濤書生」這等強助，他難道還怕完成不了這事？

一旦計劃得成，他的身份地位，可必然遠超龍八、朱月明、天下第七之流了。

他知道相爺身邊有的是人——且不管那些是不是人材，但總有能人；他要出類拔萃，就必須「出其類而拔其萃」，也就是特別「出位」的意思。

——「出位」就是所處的位子比別人突出，比別人出色！

要突出自己，就得要藉機借意，做一兩件大事立功才行！

——所以他這次才肯從「暗」走到「明」處來，立意要在此役裡不止立功立威！

這一下，他可遇了險。

所以他即下「決殺令」！

令一下，羅睡覺和吳其榮立即殺向攻救唐寶牛的朱小腰，以及搶救方恨少的陳不丁、馮不八！

驚濤書生的身法不是掠，也不是躍，而是飄。

一「飄」就「飄」到了朱小腰身後。

朱小腰是個很警省的女子。

她急於救唐寶牛。

她也聽到了多指頭陀喊出了她不甚明白的命令。

她是個敏感的女子。

——她感覺到那是個殺人的號令。

她爲唐寶牛急。

她要救他。

她要他走。

她不要他相助。

——她只要他活命，其他的人、其餘的事，由她來頂！

她這次來，只是爲了救唐寶牛。

主要只爲了救唐寶牛。

因爲她要還他一個情。

恩情。

◇◇◇

朱小腰這種女子，是欠不得情的。

欠情不得的。

她一生都不想欠人的情：她自小喜歡跳舞、舞蹈，要是她真的肯苦苦央求、要求，她的家人雖然反對，不一定就不讓涉獵舞藝的。

但她不。

不肯。

也不願。

所以她一直沒有機會好好習舞，反而因機緣巧合，練成了武。

這是她一生裡莫大的遺憾。

就算她加入了「迷天七聖盟」，當上了二聖，但她在盟裡仍是做一件事算一件事，殺一個人是一個人，她只是做事、盡責，誰也沒欠誰的情！

至少，她堅持不欠人的情。

她也不要人欠她的情。

所以她寧可放生了許多小狗小貓小兔小龜小動物，她放了牠們，牠們不知道，她也忘了，如此兩無相欠，那就很好了。

但她最少還是欠了一個人的情。

顏鶴髮。

◇◇◇

至少，顏鶴髮把她從青樓贖了出來，而且也教了她武功。

她很感謝他。

由於她已沒有別的親人，她對他就像對待親人一樣。

——但只是親情。

不是愛情。

她不能愛他。

她的愛在於舞。

那種：翩然若雲鶴翔鷺，雪回飛花，舒展間腰肢欲折不折，流轉自如，就像風吹過枝頭花兒經霜輕顫，但卻搖而不落，若俯若仰，若來若往，綿綿情意，顧盼生媚的舞。

但已過去了。

那只是一場暗戀。

也是一次失戀。
她年歲已大，已不及練舞。
而且她把舞已練成了武。
她的天份已然轉易。
——舞，對她而言，就像是一個永遠都趕不及赴長安應考的書生。
一樣的失落。
一般的遺憾。
她記得顏鶴髮。
她也紀念他。
那是因爲親情。
人世間最重要的三種情感，是：
親情
友情
愛情
她對顏鶴髮是親情，但卻拒絕了愛情。
她也知道唐寶牛對她的一往深情。

她一樣不能接受他的情。

她知道他的好意，還有這大男人的可愛之處，以及這條漢子的痴情特色。

她不是不動心。

也並非全沒動意。

她也暗自喜歡他的「憨」和「戇」、自大、自卑以及自吹自擂、自以爲是。

還有他的自得其樂。

她甚至也在暗裡希望：他若有心，若真的有意，再主動示好時，再表明一下，以示堅貞，說不定，她就真的會答應了、默許了、接受了、也對他像他對她一般的好了。

但一切還差那麼一步。

只差那麼一點。

朱小腰不是無情，她卻但願自己不如無情。

——顏鶴髮剛死不久，她還沒適應過來。

她只來得及從當他是朋友，轉而待他像兄弟，然後在心目中已把他視作密友……

她的心情仍只趕得及接受了他的友情。

——那是相當豐富、感人和令人動心的「友情」。

一切只差咫尺。

也許唐寶牛就再有那麼一次機會，再獻一次殷勤，她就會讓他遂了心願……可是，轉首已是天涯。

——唐寶牛已然闖了禍。

出了事。

他和方恨少打了皇帝。

那是瀰天大罪。

她決定去救他。

縱捨身、捨命也不惜。

她要報答他這些日子以來，對她的恩情。

她不能無情。

她這次部署「劫法場」的事，反而不多說什麼，只默默做事，她就是等這一刻，她要捨死忘生的把這大小孩的漢子從死亡的關口裡救出來，除此無他。

——這一種情義，只怕可直比夫妻之情深吧？

可是一個人再厲害，只要有了情，總是會為情所苦，為情所累，對朱小腰這樣一個愛上舞蹈的女子而言，總不如無情，更教伊瀟灑、曼妙、明麗吧？

「折腰應兩袖，頓足轉雙巾」，對一個舞者，舞到極至，不僅是「流」出來的，更進一步，也是「綻」開來的，羅衣從風，長袖交舞，軼態橫出，瑰姿譎起，舞到最後，誰不是乘風欲去、天上人間？但又恐瓊樓玉宇、高處不勝寒。像朱小腰這樣一個舞者，從飆回風轉、流采成文的舞失足舞成了武，她已不再飄逸俊秀，婉約嫻靜，反而成了馳騁若騖，英氣逼人；舞，對她而言，只是一次心碎，一場早雪。

斜身含遠意，頓足有餘意，這種屈肘修袖平抬撫鬢的悠美姿態，對朱小腰而言，此際已成了殺人的絕招！

一招殺向驚濤書生！

◇◇◇

殺吳驚濤是爲了要救唐寶牛。

她已別無選擇。

誰叫吳其榮掠了過來、逼近了他——且不管對方要對付的是唐寶牛還是她，她都得殺了他！

十一　走狗惡狗乞憐狗關門打狗

吳其榮這次參加這一役，主要是因受雷純之所託。

他打算立了一個功便走。

要立的，當然是大功。

小功他還不看在眼裡。

所以他準備立即打殺正在救唐寶牛的人——或者殺了唐寶牛也可！

所以他一掌就劈了過去！

然後他才發現那是個女子。

而且是個極婉約、憂怨、動人的女子。

那女子也馬上發覺了他的攻襲。

並且馬上還擊。

她的還擊極美。

也極狠。

美在身姿和風姿。

那簡直是教書生輸盡了整座長安之一舞，這一舞就像舞出了許多江南。多花多水多柳多岸多愛嬌的江南。

她斜曳著水袖羅袖像在雲上作淩波微步，時似擰身受驚回顧的蛟龍，有時像有羽翼的仙子乘風歸去，有時卻又像一朵風中的雪花，孤零而飄零的旋轉著過來。太真先抱一枝梅，花下傞傞軟舞來。娉婷月下步，羅袖舞風輕。翩如蘭苕，宛若游龍。——那都是極美的。

但在絕美中，卻是至狠的。

舞者的指、指尖、指甲乃至腳、鞋尖、鞋頭上的刀，都在這楚楚引人的舞動中，向他發出了最要命的攻擊。

吳其榮覺得好美。

他本身就是個極喜歡觀賞女子曼舞的書生。

——雷純就是因爲看透了他這點，而把獎賞換著送他幾名特別出色的舞孃，讓他如願以償。

何況朱小腰的舞，是天份，她的人更不是一般經調訓而成的庸脂俗粉。

她自成一家。

一舉手、一投足、一進一退、一流盼一回眸間，完全恰到好處，自成一派。

所以驚濤書生看得為之目眩。

喝采。

神往。

他幾乎一時忘了還擊。

還幾乎忘了閃躲。

故此，當吳驚濤再省惕到身處危境時，朱小腰的狠著已離他很近、很近很近、很近很近很近的了。

吳驚濤情知不妙。

他這人雖一向游離獨處，但絕對忠於自己。

——什麼都可以犧牲掉，就是不能犧牲了自己。

這時候他也跟朱小腰一樣，除了殺死敵手，已別無選擇了。

他在危急關頭，雙手忽祭起了七種不同的色彩交融在一起，然後大放異彩。

那交匯在一起的色彩很奪目、很亮麗。

——那是他的「活色生香掌」和「欲仙欲死神功」交揉一體之一擊。

他本來是個愛女人的男人。

他一向很愛護、也很珍惜女人。

但他現在要保住自己，已沒了退路。

他雙手一齊打了出去。

「啪」、「啵」二聲，像一朵花，在枝頭上折落了；又像手指輕輕在面頰上彈了那麼一下。

朱小腰就哀哀的飛了出去。

她掠過之處，鮮血如花，紛紛灑落，就像一襲無依的舞衣。

待唐寶牛驀放了多指頭陀，接住她時，她粉紅色的衣裙，全染了一灘灘怵目驚心的血，就像一朵朵血的花，開在她的身上。

唐寶牛一接住了她，就發現：

一，她的腰脊已折斷了。

二，她的五臟六腑已離了位。

三，她已奄奄一息了。

唐寶牛第一個反應（也是第一個感覺）就是：想哭。

但他張開了嘴巴，哭不出。

一聲也哭不出來。

這時，她緋色的面巾半落，露出了半邊緋色的臉。

她無色的唇帶血。

星眸半張，似乎還帶著點哀怨的無奈（那仍是嘲笑多於悲涼的），仍是那一張絕美中帶著慵乏的容顏。

吳其榮一招得手，自己也呆住了。

他看著自己雙手。

彩華漸褪。

他的神情很奇特：

——也不知是在得意，還是有點懊悔，甚至是十分憾恨？

他的雙掌剛擊中了朱小腰，就乍聽有人大吼道：「走狗！」叱罵的人是花枯發。

他旋舞雙葉，飛斬了過來！

但溫夢成比他罵得更響，也更烈，而且更憤慨！

「你這頭惡狗！我只恨剛才關起門來的時候沒把你這禽獸一氣打殺了，卻讓你又害了人命！」

溫、花二人，已把吳其榮恨之入骨，兩人一面叱喝，一面向驚濤書生作出極其猛烈的攻擊。溫柔這時也挺刀斫到，由於剛給擊退，收刀回氣之際，親睹朱小腰給這壞鬼書生擊傷，更是氣煞，刀刀搶攻，招招不容情。

溫夢成、花枯發二人，當然是真的憤懣不已，但事實上，他們的「一葉驚秋」和「百忍不如一怒神功」，確是越憤怒則功力越能發揮得淋漓盡致——「一葉驚秋」是以狂勁使柔物達無堅不摧之境地；而「百忍不如一怒神功」則以戰姿、氣勢先懾住敵手再予取勝，他們一邊罵、一邊打，以壯聲勢，就是此理。

然而驚濤書生這回卻心不在焉。

甚至不像平時一般，他還忘了擦臉。

他只看著自己一對雪玉似的手——這對手保養得很好，很乾淨、整潔、白皙，甚至如果不是指甲太長方形的話，它像女人的手還多於像男人的——就像那是一隻黑手，另一隻是血手。

他臉上的表情也很詭異。

甚至還在喃喃自語。

他像是失望。

也似是喜悅。

但最明顯的是有點如痴如醉。

向他攻襲的人隱約聽見他這樣低聲呢喃似的說著，「好一個女子……」

「好一場舞……」

吳其榮雖不專心，但卻仍能一一躲開一花二溫三人的猛攻。

——雖然總帶點險。

不過，似乎他也不大在意。

——他是一個愛女人的男人，然而，他剛才卻出手殺一個舞得最柔的美麗女子！

他的心情也不好過。

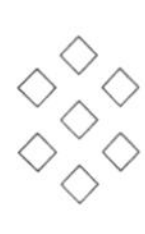

但這卻使這兩大黨魁暗自驚懼。

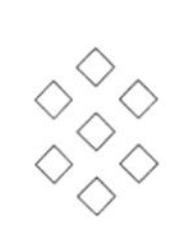

甚至，剛才在「回春堂」五人圍攻吳其榮之時，久攻無效，相持不下之際，這書生卻乍聽簫聲相召就能立時抽身退離「回春堂」，這彷佛已證實了一點：

——就憑他們五人，還制不住這看來有點痴痴騃騃的書呆子！

這當然不是好事。

更壞的是他們發現：

多指頭陀已緩得一口氣，轉而繞過去要向唐寶牛背後偷襲了！

然而唐寶牛卻在極大的悲慟中。

他抱著朱小腰。

他的膝頭像已折斷了似的跪了下來。

他張大了口。

眼淚像一拳一拳的大滴滾落下來。

他望著天。

——天若有情天亦老。

溫夢成、花枯發情急之下，再也不向吳驚濤攻襲、纏戰了。

他們立扯走了溫柔，改掠向唐寶牛那兒，一面大叫道：「不可大意閃神！背後有敵！」

「唐巨俠，挺起你的腰脊來，快救走朱姑娘——不要做乞憐狗！」

他們一面高呼，一面人未到，飛葉和勁氣已分別向多指頭陀激發了過去！

十二 多情總被無情傷

唐寶牛這兒還不算慘烈，更慘烈的是方恨少那一戰團。

龍八剛才給唐寶牛一唬而撒手就走，就把待斬立決的方恨少留在原地。

方恨少苦於穴道受制，身上又有多重捆綁，無法動彈。

話說驚濤書生自「回春堂」一路退了出來，追出來的人，除了溫柔、溫夢成、花枯發之外，還有兩人。

兩個年紀雖大，但脾氣亦大、膽子更大的人：

陳不丁

馮不八

馮不八和陳不丁原對驚濤書生緊迫不捨，後轉而嚇退了龍八，正要解開方恨少身上受制的穴道和受縛的繩索；與此同時，花枯發和溫夢成也飛越了過來，先攻吳驚濤，轉襲多指頭陀，以解唐寶牛之危。

這一剎間，局面已成了大對決。

但龍八、多指那一夥人的確高手太多，單是「開闔神君」司空殘廢，以及余再來、言衷虛、張初放、蔡炒、葉博識、馬高言等劍派掌門死守著，猶如銅牆鐵壁，江南霹靂堂、碎雲淵毀諾城、乃至佟勁秋率領「好漢莊」的人，正好鬥箇難分難解、難分軒輊。

這時，有一名全身白衣、臉幪白巾的人，身法灑脫，劍法凌厲，單袖飄飛，鶻起兔落之間已殺傷官兵十七、八人，眼看就要衝殺入龍八、多指頭陀、唐寶牛、方恨少那兒，但他的所向披靡、勢如破竹，卻激怒了另六人。

這六人立即對他出了手。

六大高手。

六大用劍的絕頂高手。

他們是：

「劍神」溫火滾

「劍鬼」余厭倦

「劍妖」孫憶舊

「劍怪」何難過

「劍魔」梁傷心

「劍仙」吳奮鬥

六人終於出手。

這「七絕神劍」，已不是當年隨蠻兵儂智高跟狄青作戰的「七絕神劍」本人。那七名劍客，已爲蔡京招攬，年事已高，久不出江湖，人多已改稱他們爲「七劍神」，而他們已把一身劍法絕學，各授予一位徒弟。這數十年來專心培植下，新的「七絕神劍」，在劍法上的造詣，恐怕要比當年諸葛小花和元十三限力戰上一代的「七絕神劍」更高更強！

他們一直不出手，好像是因爲還沒等到有足夠份量的人來逼使他們出手。

而今他們等到了。

他們終於一齊出手，攻向那白衣劍手。

那白衣劍客以一敵六，單劍戰六柄神、仙、妖、魔、鬼、怪的劍法，卻絲毫不懼、越戰越勇。

一時間，也打得劍氣縱橫、捨死忘生。

陳不丁與馮不八正要趁這大好時機殺掉龍八、救走方恨少。

可是，他們忽然感覺到一個感覺：

不祥。

◇

馮不八、陳不丁兩人平時雖然常常打打鬧鬧，但其實夫妻情深，心意相通，所謂打者愛也、罵者關心也。他們夫婦二人，鰜鰈情深，打打罵罵反而成了他們日常生活裡的樂趣。

可是，這剎間，他們一同生起了一個感覺：

一，有敵來犯；

二，他們彼此間深深的望了一眼；

三，然後才一齊返身應敵。

——「有敵來犯」是一種警惕。

——回身應敵是反應。

——真正的感覺是：彼此深刻的互望一眼：

彷彿在這一次對望，要記住對方到來世；好像這樣一次互望，是今生的最後。

◇◇◇

敵人來了。

敵人只一個。

這唯一的敵人並不高大。

他飛身而來，一綹長髮，還垂落額前，髮尖勾勾的，晃在鼻尖之上。

他眼睛骨溜骨溜的烏亮，還帶著一點稚氣、些許可憐。

他向馮不八、陳不丁點了點頭，算是招呼，然後才出手。

他向兩人點頭的時候，相距還有十二尺餘之遙，但他出手的時候，突然的、陡然的、驟然的、忽然的、倏然的、遽然的、驀然的、乍然的……總之是一切都令人意外的快速，他已人在馮、陳二人之間，然後出劍。

劍攻破陳不丁的爪影裡。

劍刺入馮不八的杖影中。

可是他手上無劍。

——他的劍呢？

◇◇◇

他是羅睡覺。

對他而言，他的腳就是劍。

——而且是兩把劍。

對他的敵人而言，他的一雙腳也不只是劍：

——同時也是死亡。

在陳不丁鋪天蓋地的爪式尚未真正全面全力施展之前、馮不八排山倒海的杖法剛告一段落新力未生之際，他毫厘不失的、右腳一踢、足尖如劍鋒、切入陳不丁的咽喉；同時，左腳一蹴、趾尖如劍尖、刺入了馮不八的胸膛。

兩人悶哼一聲，羅睡覺「抽劍」，雙腿一收，血噴濺，附近幾成了一片血霧。

他已完事。

——完成了一件優美的工作。

殺人的事。

他很滿意自己所作的事。

他做的十分專業。

而且簡直就是「專家」。

——如果他不是個絕對且一流的「專才」，他的代號也不會只有一個字：

「劍」。

因爲劍就是他。

他就是劍。

——他已代表了劍。

劍就是他一切。

陳不丁身歷數百戰，馮不八比她丈夫更好鬥，他們兩人一旦聯手，更是夫妻倆兒一條心，合起來的武功絕對是馮、陳其中一人的三倍以上。

當然，他們兩人並非無敵，但要找贏得過這對鑌鐵爪加虎頭拐的人，只怕也寥寥可數了。

可是，羅睡覺只用了一招。

二式。

不止是贏了他們。

也殺了他們。

乾淨俐落，好像他生來就是要殺他們的，而他倆生來就是給他殺的一樣。

如此這般。

如此而已。

◇◇◇

陳不丁、馮不八死了。

眾皆嘩然。

◇◇◇

「不丁不八」既歿，朱小腰也傷重，群雄戰志大為受挫。

「劍」殺了二人，他的腳「立時」又「變」成了與常人無異的一雙腿子，緩步退回其他六劍陣中。

他看來輕鬆。

且帶點不經意。

他的髮絲依然垂落玉粉粉的頰上，看去可愛得多，至多只帶點兒神秘，一點也不像是個出手殺人一招了的可怕殺手。

何況他殺的還是高手。

他看去渾似個沒事的人一樣：好像什麼事兒都不曾發生過。

但有兩件事，只有他心裡知道：

一，他胃痛。

胃部像有一隻山貓在肆威，狂抓怒噬，使他痛苦不堪。

二，他心疼。

他的心在抽搐著，像正在給人大力擰扭、揸壓著，使他痛不欲生。

他每次殺了人，就會這樣：不是手臂像脫了臼樣般的痛楚，就是呼息閉塞哮喘不已，總之，一定會感到肉體上的折磨。

所以他每一次殺人，都形同是在折磨自己。

他就像是給人下了詛咒一樣。

但他卻不能不殺人。

所以他不得不忍受這種苦痛。

而且，他還不能讓人知道。

——一個殺手的缺點是決（絕）不能讓人知道的。

讓人知道缺點的戰鬥者，如同把自己的罩門賣了給敵人。

同理，一個好殺手若讓你知道他的弱點，那你得提神了：那很可能是假的，甚至有可能那才是他真正的強處。

唐寶牛一向好強。
他認爲自己頂天立地。
他一向都要揀驚天動地的事來作。
不過，他現在全身都是弱點。
他完全變得脆弱、易折。
因爲他的心：
碎了。

他沒有流淚。
他抱著朱小腰。

朱小腰比平常更倦、更慵、更乏。

——看她的樣子，似是歷經許多風霜了，她想放棄了，要歇歇了，要撒手了，不再理會那麼多了。

「小腰……」唐寶牛低聲喊：「……小腰。」

說也奇怪，朱小腰這時臉色反而並不蒼白了，玉頰很緋、且紅、很艷。她的眼色也不狠、不毒了。

她還是那麼美，尤其受傷之後的她，在唐寶牛擁抱下，只顯得人更柔弱腰更細了。

「……小腰，」唐寶牛哽咽：「小腰……」

朱小腰微微半睜星眸，紅唇噏動，好像想說話，唐寶牛忙揭去了她面上半落的緋巾，第一句就聽到朱小腰像帶著醉意的說：「……真倦啊……」

然後一雙美眸，流盼定在唐寶牛臉上，像用眼波來撫挲著他那粗豪的臉，好一會才說：「……你第一次見我的時候，我的草帽就給劈了開來，還記得吧？」

「記得，記得。」唐寶牛很艱辛才從嗚咽中整理出話緒來，「我還逗妳，我那時候……還……還不知道……不知道妳……妳是個女的……」

朱小腰倦倦無力的一笑。

頸肩就要往旁一側。

唐寶牛一顆心幾乎也要折斷了——卻忽聽朱小腰又幽幽的說：

「……那時候，你還說——」

唐寶牛用盡力量用一種連他自己也沒聽過的聲音但也是他用盡一切真誠才逼出來的三個字：他把這三個字一連重複了三次：

「我愛妳。」

「我——愛——妳。」

「我——愛——妳——」

——是的，當年，在三合樓上，他和朱小腰相遇，他為了要氣她、要逗她，還公然對她說出了這三個字：「我愛你」；然而，當時，他不知道她就是朱小腰，也不知道她是個女的。

「……你，傻的。」朱小腰微微的、倦倦的、乏乏的笑了，像看一個孩子對一個心愛的孩子說話一樣：「多情總被無情傷，我要去了，顏老在等我呢。你自己一個人孤零零的留在世上，要記住多情總爲無情苦啊……」

忽然，她沒有再說話。

她清明的雙眸微微映紅。

唐寶牛一怔，好一會，才反應過來，隨她視線望了過去：

十三 紅狐

那是一隻狐狸。

紅狐。

——牠不知在何時，竟奇蹟的潛進這殺戮戰場裡，走入這人類的血肉陣地裡，微側著首，黑鼻尖抽搐著，眼睛紅著，像有兩點暗火在那兒約略點明，眼神就像人的感情，哀憐，且低低發出悲鳴。

牠在看她。

牠在呼喚她麼？

——這狐狸，就是以前她在「小作爲坊」遇伏時放生的紅狐！

牠是怎麼來的？

牠來做什麼？

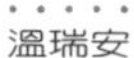

想起「三合樓」、「萬寶閣」、「小作爲坊」的種種奮戰，「愁石齋」、「瓦子巷」、汴河雪夜橋畔的生死與共，歷歷在目，唐寶牛只覺撕心裂肺，他想號啕大哭——

但，他哭不出。

竟哭不出來。

再回頭，朱小腰已溘然而逝。

兩行清流，流過她桃色的玉頰，連淚水也帶著如此傲色、如此倦。

她最後的一句話，隱約是：

「……待來世才跳這一場舞吧……」

語意像雪，在唐寶牛心裡不住飄落。

——畢竟，她是爲他而死的。

而今，她確是爲他而死了。

她已還了他的情。

她爲他送了命。

——她是個有恩必報的女子。

可是他呢？

他再舉目的時候，那頭紅狐已經不見了。

——跟牠來的時候一樣，完全似不曾出現過，誰也想不出牠是怎麼來的？如何去的？幾時出現的？爲何不見的？

人逝了。

狐去了。

只剩下了唐寶牛。

和他的傷心欲絕。

◇◇◇

他依然沒有淚。

他：

哭不出

一向感情豐富的他，竟連一顆眼淚也沒有，一聲也哭不出來！

他雖然哭不出，沒有淚了，但他還是有生命的，而且是欽點要犯、候斬立決的死囚！

不少高手，殺向前來，要救他。

更多高手，殺了過來，要殺他。

在他身旁不遠處的方恨少，情形也是一樣（兇險）。

就在這時，忽聽快馬如急雷響起，有人洪洪發發的大喊：

「相爺有令，統統住手！」

大家果就停了手。

——本來相爺縱使有令，住手的也只不過是聽他命令的官兵，來劫囚的英雄好漢是不必賞這面子給他，馬上停手的。

但他們停手不戰，是因爲喊話的人：

「四大名捕」中的老三——

追命！

——崔略商！

稿於一九九三年六月十一日：法律問題有周折；川草報導有關我在大陸出書熱之資料；一天一C；MAYB之制限／十二日：明、與聯繫；首相訪中；ETC失效／十三日：KOTARAYA燈箱宣傳我書；遊KR Complex大購禮品／十四日：JA.LAN ALOR讀者老闆相認，「風采」、「新生活報」均要刊出報導＋專題／十五日：清早與余律師上法庭辦事，幸避炸彈驚魂；何梁入「星洲」；南洋商報將在七月連載《朝天一棍》並作宣傳。

校於同年六月十六日：黃雅泰、吳國清、鄭志明、陳圓鳳代表「週末不設防」現場訪談；「領盡風騷」系列已刊出：「武俠小說風雲再起：溫瑞安騷盡中國」一文；小方議定，我取消赴檳之行；遇葉雪梨載我等三人返麗晶酒店／十七日：另有連續三雜誌約訪；「風采」將連載刊出我「談玄說異」系列；商魂布寫伊之三大恩人提我，慚愧；南洋商報約訪；「新潮」請圓鳳訪我；「風采」林惠霞以我有四百多個孩子（書）名義相訪；到 Yao Han；至 Corona 酒店；分別會美、萍、黃、Mei、Wong 等。

第九章　四大皆凶

一　黑光

——想追命和冷血師兄已趕到菜市口和破板門了吧？

——不知兄弟們的傷亡可重不重？

——不知是否可以及時制止對大方和唐巨俠的行刑？

然而王小石仍然和蔡京對峙著。

蔡京現刻很擔心。

他很少真正的去關心過些什麼人，由於他在權鬥利爭上不遺餘力，也不擇手段，所以幾乎六親不認，就連家人、親朋，只要對他有害的、不利的，他也概予剷除，毫不容情。

唯有這樣，他的地位才數十年屹立不倒，無人可有足以動搖他的力量。

他甚至還認爲這才是他的長處。

可是他現在竟然很擔心一個人的精神和健康狀況。

而且他所擔心掛慮的人，居然是王小石！

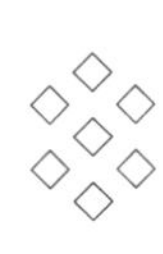

這是沒有辦法的事。

自從王小石闖入了「別野別墅」用一弓三矢對準了他之後，他的命運便跟王小石的體能掛上了鉤，他的手筋顫一下自己的心就顫一下，他的眼眨一次自己的呼吸便窒了一窒，沒辦法。

——他們的命運已彼此互相的拴在這兒了。

蔡京應付緊張的方式，是：

笑。

——人在開心時才會笑。

所以，只要你保持著笑容，別人就會以為你很開心。

爲什麼會開心？

——當然是因爲勝利。

故此，蔡京盡力保持了個微笑：儘管他現在已擔憂和緊張得幾乎已完全笑不出來：

因爲他已瞥見王小石的手指在微顫，前臂筋肉也微微抖動著：

◇◇◇

這不是張易拉的弩。

這更不是好搭的箭。

何況，他所瞄準的，更不是個好對付的人。

蔡京當然不好對付。

而且還十分深沉、可怕。

——只有這個人，王小石到現在還弄不清楚：他到底會不會武功？

如果會，他的武功一定極高。

——只有武功極高的人才會隱藏自己的實力；只會兩三下子三腳貓功夫的，反而會慌不忙的唯恐天下不知！

要是不會，那他一定是個最能看透武林高手心思的人。

——只有看透了一切武林人的心態，才能讓他們疑神疑鬼，諱莫如深。

更何況王小石要面對的不只是蔡京，還有對他已重重包圍的高手：

單止是天下第七、神油爺爺、一爺這三大高手，已夠不好對付。

更何況現在又來了增援。

大將童貫。

——這大將軍其實既無戰功、也無戰績，只靠得到皇帝信任，就扶搖直上的人物，是以並不足畏。

童貫帶兵打仗的特色是：只敢平內亂，不敢對外戰。兵馬在前線打箇你死我活，屍橫遍野，他則在後方耽迷酒色，大肆搜刮。他領兵作戰，無一不敗，但凡敗仗，他都找部屬揹罪；報上朝廷去的，則全是他訛稱報捷、勝仗。

世事無有不奇。童貫這樣子的「領兵率軍」，居然可以連連遷升，權重天下；其實他的本領無他，既懂跟權相蔡京拉關係，又深諳如何討皇帝歡心，如此就功勛無數，恩賜不絕了。

此人雖不是高手，偏偏他卻掌有大權，有權的人自然手上便有許多高手。

童貫身邊有五個人。

——這種人倒絕對懂得把「老弱殘兵」撥去打仗，把精銳之師，則留在身邊。

這五人在朝中向有「五大將」之稱：「拚將」、「狠將」、「少將」、「天將」、「猛將」。

這五將雖是強將，但王小石還不放在心上：主要是因為，這什麼什麼「將」都是一夥人自我吹捧，大家互相封號而已，如果王小石跟他們取名，則認為只有：「吹將」、「捧將」最合適他們。

——這些不打仗、光誇口、愛認功、只懂搞關係的傢伙憑什麼稱為「大將」！

嘿！

王小石顧忌的是另一人。

這個人站在那兒：蔡京背後、他的面前，然而他卻看不見他的臉孔、他的五官，只感到一團「光」，竟似是黑色的。

——「黑光」！

王小石潛入「別野別墅」作出脅持蔡京的行動，他最擔心的有幾件事，包括是否能制伏蔡京、對付天下第七等，但其中擔心事項的第一件便是：

——「黑光上人」詹別野。

這時期，道教盛行，皇帝大臣，總相信些什麼祭天拜神便可以長生不老、白日飛仙的傳說。這詹別野原是武當派近五百年來難得一見的高手，但他一旦成名，自成一派，又通曉煉丹導引之術，傳聞中他不但武功高，而且頗有法力，能通鬼神，使得皇帝賜封爲「國師」，而蔡京也特別爲他把原來的「蔡氏別苑」，改建爲「別野別墅」來供養、討好他。

不過，他早些年可能倒行逆施太甚，挾道術顯威，作了不少孽，驚動了豹隱多年、仙蹤無定的嬾殘大師，親自出手，把詹別野教訓了一頓，至此而後，詹國師氣焰稍斂，較少張揚生事，塗炭生靈；聽說那一役裡，他負傷不輕，元氣大損，自不敢太無法無天了。

這些年來，詹仙師幾已銷聲匿跡，甚至大多數的人都傳他已改邪歸正，到峨嵋山靜修去了。

近幾年來，已很少聽到他的劣跡異舉，也很少人再見得著他了。

然而，再怎麼說這裡畢竟還是以他為名的「別墅」。

——蔡京敢在這個時候來這地方坐鎮指揮剿滅武林各路好漢豪傑的大軍，必然有他可無一失的理由。

王小石擔心這「理由」就是：

詹別野還在這兒，而且仍為蔡京效力。

而今，他瞥見蔡京身後有這樣「一團黑光」似的人物，他擔心自己的擔心很可能會成為事實。

所以他死死的盯住蔡京，萬一有什麼異動，他就先第一個釘死了他！

蔡京好像看出來：王小石似乎有一點兒的慌亂，至少不如初時鎮定，所以他笑得越發自然。

「就算你救了他們，你又怎麼撤走？」

王小石沒有作響。

「不如你先放下箭，人，就讓他們放了吧，你加入我麾下，我重用你，以你一個別說換兩人，就算全京的好漢，也是值得。」

王小石沒有回答。

「你別怕，雖然你今天用箭對準了我，我可不是一個記仇的人。我知人善任，以德報怨，而且識英雄重英雄，我不會對你今天所作以爲報復的。」

王小石笑了。

「你不信？我身邊、背後、這裡的全部人都可以爲我作證！」

頓時，廳內的人都七口八舌爲蔡京作證，有人指天作誓，相爺爲人確光明磊落；有的言之鑿鑿，臚舉蔡京德行無虧、盡列義薄雲天之種種事跡，王小石聽得只是笑。這時，其他舞孃全走避一空，蔡旋等退避入房。

「你年少氣盛，不辨忠奸，不信事實，枉了好身手，不肯棄暗投明，確令老夫抱憾。」蔡京嘆息的說。

王小石笑道：「你要我相信你？你憑什麼要我相信你？憑這裡的人？這裡的人今天在你得勢時為你說話，他日若你失勢了呢？還會不會為你說話？」

他這幾句話下去，堂裡的人都噤了聲。不一會，又阿諛奉承、詈言詈語此起彼落。

蔡京的手一揮，大家才真正的住了口。

「這些人今天在這裡，才會為你說話，你真的要問，到外邊問去，跟老百姓打探打探去，看誰相信你？哪個維護你？還有什麼人會說你的好話？」

王小石又一笑，露出珍珠一般潔白的貝齒，「你現在懷奸植黨，布列朝廷，威福在手，舞智御人，把兵權、宗室、國用、商旅、鹽澤、賦調、尹牧等政事，全抓在手，交親信攬權，你正是大權在握，他們當然都會為你說話，有朝一日，你失權失勢，這些人就一定會用你對付人的方法來對付你！」

「我對付人？」蔡京一哂道：「我問心無愧，作事不悔。」

「不愧是你沒有廉恥之心，不悔是你無反省之力。不愧不悔有何了不起？只要厚顏兇譎的人，都說自己不悔無愧！」王小石斥道：「你沒對付人？嘿！方軫向有風骨，不肯為你所用，向皇上指責你的過失，彈劾你氣焰囂張、顛倒紀綱，你就把他削籍流放嶺南，並派人將他刺殺在那兒。你這叫……以德報怨!?」

蔡京冷哼一聲：「我原要重用方軫。那是他太不識抬舉。」

「好，我就當他和你是個人恩怨。可是，劉逵呢？他只不過不想與你同流合污，你就加害於他，借蘇州一起盜鑄錢案，強把劉逵乃至他親戚章綖入罪，派開封府尹李孝壽審訊，迫著他株連千餘人，而當中刑求強抑致死者三倍於此數。你卻還嫌處理太寬，特派御史蕭服、沈畸去換了李孝壽。」王小石忿然道，「蕭、沈二位御史，卻很有良知，曾感嘆的說：當天子耳目，怎可附會權要，以殺人求富貴！他們當天就釋放七百多名受冤的人。」

蔡京哼道：「這不就好了嗎？我換了人就是要開釋受冤的人。」

王小石道：「你說的倒好聽。這一放，蕭服御史就給你調去羈管處州，沈畸御史則貶到信州，都有去無回。章綖更給流放海島，屍骨全無！還有章綍？」

「章綍？」蔡京倒一時想不起是誰：「……什麼章綍？」

王小石怒道：「你害人太多，早已忘了給你害得家破人亡的苦主姓名了。章綍是獄吏，他對你私自更改『鹽鈔法』，高興廢鈔便廢鈔，喜歡發行新鈔就印新鈔，危害至大，所以上奏陳情。你一氣之下，不但怒奪其官，還讓他黥臉刺字，全家為奴，發配邊疆。」

蔡京倒是有點迷糊的樣子：「有這樣的事嗎？我倒記不起了。你記心倒好，一一爲我記住，難爲你了。」

「你少給我裝糊塗！章綷的事，你記不得，長溪瑤人因受不了你苛政暴徵，起事生事，你下令把瑤人全抓起來殺頭。荊南郡守馬城馬大人只不過告訴你：瑤人分有多族，生事的僅是一族，不必濫殺無辜，激起民憤。你非但下令照殺不誤，還要賜絹賞銀，按級升遷，以致官兵以殺人爲樂，跟瑤族結下深仇。這事你總記得吧？」王小石不齒的道，「馬城大人只不過說了幾句正義的話，你罷了他的官，還害了他全家，他的兒女全變成你家奴、妾侍，你可真會惜英雄、重英雄啊！」

蔡京道：「這些都是我們朝政大事，你們這些草野莽民怎麼懂！我若不得殿堂大臣支持，我若非待朝中同僚恩深德厚，我這個位子，怎可能十年如一日，風大雨大，都絲毫不受動搖？」

王小石道：「屹立不動，樹大根深，那確是你的本領。他們不是不反你，只是反不了你。你把稍有良知的群臣不是殺頭就是貶謫，不是驅逐就是流放，朝廷才會良將忠臣盡爲汝所空！你還把反對變法的全當作奸黨處理，刻石立碑，立『奸黨碑』，卻爲自己建數以千計的『長生祠』！如此造孽，天理何在！你能容人？你的變法只不過全爲了自己。你還要趕盡殺絕，明令禁止宗室與奸黨子孫成婚，以致釀成多少悲劇！剛才出手分你們的心之女子，她之所以會予人賣入青樓，她父母異離淪落，就是你的『德政』一手促成的！你這是現眼報，只要有對付你的事，她一向不遺餘力。」

蔡京強笑道：「好好好，你說什麼就什麼好了……最重要的是敬請你挽好你的弓、把穩你的箭……別別一個失手，大家都……」

「不是大家，只是你！」王小石冷哂道：「我來得了這兒，早已豁出去了。我們生下來，就是以有限的生命跟無盡的時空搏鬥——而我卻選定了你！」

蔡京生恐王小石毀諾、變卦，忙道：「王大俠可事先約好，我佈在菜市口、破板門的人一旦住了手，只要把犯人放了，你就不會……殺我的，王大俠可是大俠，說過的話可算數吧？」

王小石笑道：「你少來用話擠兌我。你來奸的我也一樣可以使詐，你不要讓我有藉口就是了。——就算我不殺你，我可沒保證過不傷你。」

蔡京悚然：「你你你……你這話是什麼意思？你敢傷我……!?」

王小石哈哈笑道：「有什麼不敢的？四年前我就要殺了你，結果只殺了你的狐群狗黨傅宗書。我只要重傷了你，讓你自己傷重而死，我就既不算親手殺你，也不算違諾了，是不？」

「你你你這樣……可是……」蔡京可變了臉色，再也無法鎮定從容了：「……你這是耍賴……」

「我本就是無賴！我是無奈才跟你耍潑賴！」王小石道：「現在言歸正傳，你要我不傷你，除非你答應我一件事。」

蔡京忙道：「別說一件事，縱十件、百件，我全都答允。」

王小石道：「我也不要你答允千件百件，你只要應承我：今天劫法場的人，絕不去追究查辦。」

蔡京忙不迭的道：「這個當然沒問題……」可是他馬上生了警惕：他本來就想先敷衍著，答應了再說，只要一旦脫身，那又是另一回事了。但他又隨即想到，要是允諾得太過輕易，王小石必然不信，所以故意顯示爲難的說：「……不過，這件事鬧開了，只怕人也傷亡了不少，完全不……那個……在皇上那兒不好交代，刑部那頭……也沒了面子。」

王小石說：「你可以追究，但只追究主事的人。」

他昂然道：「——我就是主事人。」

蔡京當然明白王小石的用心和用意：

——王小石一定是個自命英雄的人，什麼事都要攬到身上去。

——這樣正好。只要能把他從這兒誆走，看諸葛老兒還能不能維護他！

——再說，他這頭不妨答允下來，只要王小石一旦放下弓和箭，他馬上就下令追緝王小石：既然是他自己認的賬，大家都聽實了，他要剷除王小石就更名正言順了。

——就算未必一定能把王小石正法，至少，也能把他迫出京城；王小石一旦離京，就似龍遊淺水，魚躍旱地，他手上那一群「金風細雨樓」的子弟，遲早都變成他手裡的雄兵、蟻民了！

——話說回來，不到萬不得已，他實力再大，也不想太正面的與武林各路人馬為敵：能用是最好，要不然也不宜全部開罪。就算他這次設計殲滅這干綠林上的反對勢力，也是藉處斬唐、方兩名欽犯之意才能堂而正之行事，而且主要還是藉「有橋集團」的主力，以及歸附於他的武林勢力來行事，這叫：「以夷制夷」。綠林黑道，有的是賣命、拚命、不要命的呆子，他可不想跟他們全招了怨。

——不過，王小石今兒到了這裡，是決逃不出去的：難道他還能一個人戰勝「黑光國師」、天下第七、神油爺爺、一爺這四大高手不成!?

——不可能！

既然王小石就要死了，所以他不妨什麼都答應他——但答允太快，反令人不信，何況王小石絕頂聰明、善於機變！

所以蔡京故意沉吟道：「……這樣也好，不過，光你一個，還是說不過去，除非……在這兒鬧事或劫法場上，凡是露了面的，就公事公辦；沒亮相的，我們就隻眼開、隻眼閤算了！」

王小石冷哼道：「這也難免。只望你說過的話是話！」

蔡京把胸一挺，嘿聲道：「我說的每一句話都是算數的！」

王小石森然道：「那也不到你不算數。你下矯詔殺害忠良、僞稱變法、乃至搜刮公款、營私牟利的種種情事，我輩搜集資料已久，你以假詔誅殺元祐舊黨同僚，還不放過他們子孫，興大獄，羅織罪名。你一向無恥變節，排擠忠彥，稍不附從，則誣以罪。奸臣作惡，古已有之，但大宋江山，就得斷送你一人手裡，你之怙惡不悛，也到了無以復加的地步了！你別以爲暗中造孽，天下不知——你至少有七道僞詔矯旨在我的手上！」

蔡京這次倒真的驀然喫了一大驚——這一驚，只怕真的要比他的房子還大了。

「你……你們……你們這干逆賊——！」

「誰才是逆？誰才是賊？」王小石冷誚地道，「皇帝的詔書聖旨，你都膽敢作僞私代，只要你一不守信約，我會著人呈到聖上那兒去，就算你有通天本領，看皇上這次還烙了印一般信你不！」

蔡京這大半生人，做盡無恥無道、強取豪奪的事。當他拜官戶部尚書的時候，監察御史常安民已對他提出了彈劾：

「蔡京奸足以惑眾，辯足以飾非，巧足以移奪人主之視聽，力足以顚倒天下之是非。內結中官，外連朝士，一不附己，則誣以黨，於元祐非失帝法，必擠之而後已。今在朝之臣，京黨過半，陛下不可不早覺悟而逐之，他日羽翼成就，悔無及矣。」

可是當時哲宗極信任章惇，章惇又重用蔡京，彈劾的結果，反而是常安民被貶到了滁州。

蔡京大權於是已定。

到了趙佶登位，蔡京之勢，已無人可以動搖，他也爲所欲爲，無法無天了。爲了排斥政敵（其實只是稍有異議者），不管死的、活的、在朝的、在野的，他都絕不放過，連他的恩人、同僚、上司、都全一棍子打翻，踩死了還倒打一耙。

他還把當年栽培過他舊黨的司馬光，以及文彥博、呂公著、呂大防、劉摯、范純仁、韓忠彥、韓維、李清臣、蘇轍、蘇軾、范祖要、劉安世、曾肇、天置、豐稷、程頤、晁補之、黃庭堅、常安民、鄭俠、秦觀、龔夫等一百二十人，稱爲「元祐奸黨」，立「黨人碑」於端禮門，且把敷衍不滿於新黨的人王珪、張商英等也列爲「奸黨」，連同一手提拔重任他的章惇也不例外，新舊二黨成了全家福、大雜燴，只有一個共同的取向，那就是：

——凡他所不喜的人，就是「奸黨」！凡不附和於他的，立即加害！

於是「奸黨」名額，擴大至三百九十人，由蔡京親自書名，不只在京師立碑，還頒令各州郡縣，命監司、長吏，分別刻石，傳於後世，而且還毀壞司馬光、呂大防、范純仁、呂公著、劉摯等十人景靈宮的畫像，且把范祖要著的《唐鑒》，以及蘇洵、黃庭堅、蘇軾、秦觀、蘇轍等著的詩文集，劈板毀滅，不許流傳。

他所打擊的對象，是如此不分新舊，不計親疏，只有效忠於他一人的走狗奴才，以及和他利害交攸的惡霸，他們才臭味相投、狼狽爲奸，一起做那慘無人道、傷天害理、禍國殃民的事。

是以，到了這時分，朝中忠直之士已盡爲之空，唯武林、江湖間，仍未完全由他縱控，還有些打抱不平的人不甘雌伏；由於朝廷仍亟需肯效命之傑出高手來保住大位，才不致趕盡殺絕，是以也有些有本領又肯主持正義之士，勉強在這風雨危舟的場面下掙扎求存。

——蘇夢枕、王小石等，就是屬於前者。

——諸葛正我、舒無戲等人，便是屬於後者。

由於蔡京對稍不附合他的人這般兇殘絕毒，而他所實行的法制，無一不是讓自己獲利得益的，所以他除了出力討好奉迎皇帝歡心，以鞏固他的權勢之外，還在軍事上，全面抓緊不放，把軍力的精英全往「中心」調撥，都成了他的私人衛隊，還時常不擇手段，假藉上意、矯造聖旨，來殘害他一切不喜歡的人——這麼多年做了下來，再乾淨也總會留下些罪證。蔡京本恃著自己官大勢大，加上皇帝對他千依百順，信重有加，諒也無人能動搖得了自己分毫，所以從不畏忌。但而今經王小石這一說，看來真捏有自己矯詔偽旨的證據，這一來，皇帝親眼看了，縱再信任只怕也得龍顏大怒，這可不是開玩笑的！

這頃刻間，蔡京可是目瞪口呆，心知王小石這回是來者不善、善者不來，就算能把他格殺當堂，只怕對方也早有安排，始終是個心腹大患，一時也無應對之策。

「一個人是做不了英雄的，」這回似乎是輪到王小石覷出了蔡京的心亂神迷，冷峻地道：

「今天我一個人用一張弓三支箭對著你，可是我背後卻有千千萬萬的正義之士和無數的正義之士在支持我；」他語音肯定得像天神鐫刻在鐵板上的命書箴言一般：

「你今天得勢，可以囂狂得一時，但到頭來，你只是萬人唾棄、人神共憤的垃圾渣滓，不會有好下場的！」

蔡京本就窮兇極惡，給這幾句話迫出了真火，齜牙咧齒瘖聲吼道：

「下場!?我才不管什麼下場！」

話一說完，他只覺腦門晃了一晃，好像什麼東西掠過、飛過，眼前只覺有一道光芒，待要看時卻不是亮的，反而還黯了一黯，黑了一黑。

——還幾乎沒暈了過去。

二 猛步

米蒼穹一棍在手，一拳朝天，驀地一聲大喝：

「不想死的就住手！」

他的大喝開始時原本元氣十分充沛，但到了後面幾個字，卻變成尖聲刺耳。

廝鬥中的群豪誰也沒爲他的喝止而不再戰鬥：

一、有橋集團和蔡京手下不是不想停手，而是對方不肯罷手。

二、劫囚好漢既已來了，就豁出去了，才不管誰出手，誰不出手。

三、江湖上對「米公公」的武功頗多傳聞，有的說他有絕世奇功，有的說他有魔法異術，有的說他通曉一種天下第一的棍法，而這種棍法聽說還是達摩大師東渡之前所創的，少林一脈只得其三招，便成了當今少林七十二絕技中之一的：「瘋魔杖法」（而米蒼穹卻似九九八十一招全都通曉！），但更有人說他根本不會武功，只尸位素餐、濫竽充數的在那兒唬唬人而已！是以，劫囚群雄有的基於好奇、有的原就不信：都要看看這傳說裡的人物到底能耍出箇什麼絕藝奇功！

四、這時際，大夥兒已形同殺到金鑾殿上去了，實不能說收手就收手的；是以有進無退，拚死再說！

五、何況，米蒼穹那一喝，中氣顯然不足，大家也就沒什麼放在心上。

但米蒼穹接下來的動作，卻吸住了全場的人：

他朝天舞了九個棍花。

舞動的棍子發出了尖嘯。

一下子，全城的霧彷彿都捲吸到他棍風裡來。

他的棍子極長，越到棍頭越尖細，像一根活著而不可駕御的事物，在他手裡發出各種銳響：似獅吼、似虎嘯、似狼嗥、似鷹唳，棍子同時也扭動、擂動、彈動不已，像一條龍，而這頭龍卻旋舞在米公公手裡；似一條蛇，而這條蛇卻縱控在米蒼穹掌中。

米蒼穹這一舞棍，猶如丈八巨人，眾人盡皆爲之失色。

失驚。

他一連幾個猛步，眾人衣褲爲之驚起，視線全爲之所吸引！

有人看見他白花花的鬍子竟在此際蒼黃了起來，像玉蜀黍的鬚莖。

有人乍見他的眼珠子竟是亮藍色的，就像是瓷杯上的景泰藍描花碎片打破了嵌入他眼裡去了。

大家神爲之奪。

◇

只見他一掠而起越眾人頭頂上持一棍砸下

◇

他要打誰？

誰能經得起他的打擊？

在這刹間，在場群豪和官兵，大家都感受到一種特殊而從未有過的感覺：

那是「兇」的感覺。

——「兇」得一如「死亡」一般無可抵禦、無法匹敵、無以拒抗、無有比擬的。

那麼說，這也就是「死」的感覺了不成？

可是，這麼一個白髮蒼蒼的老人，手中這麼一舞棍子，還未決定往誰的頭上砸下去，怎麼卻能令全場數百千人，都生起了「死」的感覺呢？

◇◇◇

這時，全場神采俱爲米蒼穹那一棍朝天所帶出來的「兇」氣所奪。

只一人例外。

他趁此迅瞥見方應看：

只見方應看雪玉似的臉頰上，竟起了兩片酡紅，既似醉酒，又像病人發高燒時的臉色，但他的額角暗金，連眼裡、眼紋、笑紋裡也隱約似有股淡金色的液體在肌膚內洶湧流轉。

方應看看得入神。

他看那一棍，看似呆了。

但也奮亢極了。

——奮亢得以致他花瓣般搭著劍柄的玉手，也微微抖動著，就像少年人第一次去撫摸自己最心愛女子的乳房。

觀察他的人只觀察了那麼一瞥，已覺得很滿意了：

他已足可向相爺交代了。

偷看的人是一個就像方應看一般溫文一般斯文一般文秀一般文雅一般爾雅的年輕人。

任怨。

他只看了一眼，就立即收回了視線。

可是任怨並不知曉：

當他迅疾而以爲神不知、鬼不覺收回視線之後，方應看卻突然感覺到什麼似的，向剛才望向他的視線望了過來。

這時候，他的臉色是暗青的。

眼神也是。

可是任怨沒注意。

可惜任怨沒發現。

◇◇◇

米蒼穹人仍在半空。

他雙手持棍。

棍子發出銳風。

急嘯。

根尖朝天，彷彿要吸盡、盡吸天上一切靈氣殺力，他才肯砸下這一棍似的。

——他這一棍要打誰!?

——這一棍子砸誰都一樣，只要能收「殺雞儆猴」之效。

米蒼穹是爲了制止敵方取勝氣焰而出手，他那一棍自然要打在群龍之首上。

這次劫法場來了許多高手。

好手。

但如果一定要選出這幾幫（已殺進刑場來的）人馬的首領，顯然只有三個：

率領「金風細雨樓」子弟幫眾攻打過來的：

——「獨沽一味」唐七昧

——「毒菩薩」溫寶

另外就是領導其他幫會人手聯攻的首領人物：

——「天機龍頭」張三爸。

好！

他就先往「龍頭」那兒砸下去：看沒了龍頭的龍子龍孫，還充不充得了成龍！

三 怒步

他一棍打向張三爸。

張三爸剛殺了蕭白、蕭煞。

他氣勢正盛。

但也正傷心。

他正在看他的師弟蔡老擇，垂淚——他正在想：每一個人都有他的親人朋友，每一個人死了都會有人爲他難過傷心：老蔡死前也至少殺了苗八方，自己因爲他的死而格殺蕭氏兄弟，既然有那麼多人死了有更多的人難過，卻爲啥人間依然殺戮不絕、血腥不輟呢——他只想到這裡……

米公公就來了。

他是和他的棍子一齊來的。

朝天的一棍。

這一棍朝天，然後才往下砸落。

張三爸是「天機組」的龍頭：

「天機」到處替人打抱不平，替無告苦民出頭，並常暗殺貪官污吏、土豪劣紳而威震天下。

張三爸領導這個組織數十年，自然有著豐富已極的江湖經驗。

他成過、敗過。

他成時威風八面、叱吒風雲，敗時落魄江湖、退無死所。

他真的是那種歷過大風大浪的人，而不是光用一張嘴說「我什麼大風、大浪沒見過」然而其實只不過是在一個小圈子裡小茶杯中與幾張茶葉片那麼丁點大的所謂風所謂浪的那種人。

他年紀雖然大了，病痛也多了（縱然武功再高，病痛也總隨著年歲而與日俱增，這是免不了的事），但身手卻沒有因而減退。

只不過，反應仍然慢了一些。

——那也只是一些些而已，那是一種年老所附帶的「遲鈍」，不過，薑仍是老的辣，雖然在某方面的體能反應已「遲」了一些、「鈍」一些，可是在江湖經驗和遇事應對上，他卻更準確、精煉了！

所以他殺了人：

蕭煞和蕭白兩名刀王就剛死在他手裡。

可是他本來就不喜歡殺人。

——自己也不喜歡被殺，別人也一樣不願死，殺人其實是一件自己和別人都不情願發生的事，只有禽獸和沒殺過人的幼稚年輕人，才會對殺人有嚮往和迷戀。

他只喜歡救人。

——救人的感覺好舒服。

殺人的感覺如同野獸，但救人才像在做一個人；一個人若能常常救人，那種感覺可就不止是像人了：

簡直像神！

不過，在現實裡，卻是殺人容易救人難，而且，要救人，往往就得殺人。

何況，你不殺人，人卻來殺你。

眼下就是一個實例：

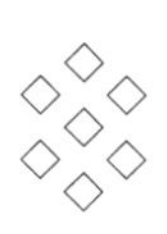

米蒼穹正一棍子砸落！

——不是你死，就是我亡。

當然你死，不可我亡！

張三爸身形忽然「不見了」，他像是給人踢了一腳、推了一把似的，突如其來的跌了出去，就像是給那尖銳的棍風捲走似的。

同一時間，他的「封神指」：以拇指夾穿過中指與無名指第三節指根縫隙，反攻了過去！

——他一直都在留意：那老太監有沒有出手、會不會出手、向誰出手？

而今，那傳說中的宮廷裡武功最深不可測的人終於出手了：

而且是向他出手。

張三爸早有防備。

——你要我的命，我就先要了你的命！

可是，身經百戰、遇強愈強的張三爸，此時此際卻生起了一種前所未有的感覺：

——那不是「兇」。

而是「空」。

一切都「空」了，沒有了的感覺。

沒有了戰志，沒有了拒抗，沒有了路（包括沒有了末路也沒有了出路），沒有了力量，沒有了棍，沒有了指，沒有了敵我，甚至連沒有了也沒有了。

那就是空。

也就是無。

——所以也就無所謂勝，無所謂負，無所謂生，無所謂死。

張三爸沒有料到對方這一棍子砸來，卻能產生這樣的效果。

這樣可怕的力量！

那不是存在的力量。

——它不是「有」。

那是無所不在但又是「无」的力量。

——它就是「空」。

不僅是空，而且是四大皆空，而且「空」中藏「凶」：

四大皆凶！

張三爸馬上抖擻精神。

他知道米蒼穹不是好惹的。

他要全神貫注應付這一棍。

——一個人，也許學習了多年，鍛練了許多日子，力求的不是一次、一回、一陣子的表現。

但對張三爸而言，這養精蓄銳只爲一展所長的時間可更短、更急、更精煉了：

蓋因他們這等高手就算是決一死戰，也只不過是刹那間的事。

——真是成敗興亡轉瞬間。

張三爸的第一步，是「怒步」。

他先憤怒。

——憤怒可以帶出殺氣。

而且是凌厲的殺氣。

他用一種燃燒式的憤怒點燃了他體內的一切潛力和能量。

他的步法是先「怒」而「奇」。

不單是「奇」，而且突然。

他像給棍風所襲般的忽爾「吹」了出去——跟張三爸交手的敵人一直都有一個解不開的「結」，也是一個「噩夢」，那就是根本「觸」不著他。

只要對手一揚兵器、一出拳、哪怕只是動一根指頭，張三爸都會「倏然無蹤」，或者，整個人給「吹」、「揚」、「飄」、「震」了起來。

——這之後，就到張三爸的反擊了。

這就是「怒步」。

別人一抬足他就能藉力「飛」起，更何況米蒼穹那如同霹靂雷霆呼風挾雨之一棍了。

張三爸的人也馬上「掠」起，然後便反襲米蒼穹——他的步法活似米蒼穹棍法的剋星。

儘管那棍法一起，他心頭就爲之一空。

甚至還失去了鬥志。

甚至還萌生了死意。

甚至還起了一種強烈自戕的意欲。

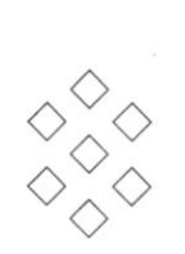

張三爸的倏然消失，再以「封神指」反攻，出乎人意料之外。

但更出人意表的是米蒼穹。

以及他的朝天之棍。

四 怒紅

就在張三爸身形倏然而變之際，米蒼穹的身形也遽然作了完全的、絕對的、不可思議的大變化。

他全然改了向。

他改變得毫無蛛絲馬跡，連一點徵象、先兆也無。

他忽爾變成轉向溫寶那兒。

他身形大變，棍法卻一點兒也沒變更：他一棍往「毒菩薩」溫寶那兒當頭砸下！

◇◇◇

溫寶剛殺了祥哥兒。

米蒼穹原就是要拿他來開刀，以挫劫囚群雄之氣盛。

溫寶雖然笑嘻嘻的像一尊與世無爭的活寶寶，但其實是「老字號」中的一名十分精明、醒目、機變百出、心狠手辣的年輕高手。

他也一直留意米蒼穹的出手。

俟米蒼穹飛躍半空，持棍猛攻張三爸之際，他擔心「爸爹」應付不過來，正要趕去施援手。

——卻沒料米蒼穹卻突然／驟然／遽然／倏然／驀然／霍然轉攻向他！

這一下子急變，他已不及閃躲。

那一棍已至。

他只好硬接。

他以手中的鬼頭刀硬接。

一直在他身邊幾乎是並肩作戰的唐七昧，也馬上趕過來救援。

——誰都看得出：米蒼穹這一棍子不好接。

這一棍不但不好接，彷彿還凝聚了上天的一切無情、不公、殺性和戾氣，以致溫寶剛抬刀招架之際，忽覺渾身沒了鬥志，竟生起了一種：

——鬥志全消，只求速死的衝動！

這是什麼棍？

這是什麼棍法？

這是什麼人傳的什麼棍法!?

溫寶在這一剎間，要同時抵擋兩個敵人的夾擊：

一是那一根彷彿是來自天庭行雷電閃交擊時擲下來的棍子。

一是那一股強烈的死志。

而這兩種攻襲力都來自一個人：

米蒼穹。

——我不要死我不要死我不要死我不要死我不要死我不要死我不要死我不要死我不要死

我不要死我不要死……!!!

……我不可以死！

我不想死……

於是溫寶抬頭：

橫刀。

他要招架那一棍。

——那要命的一棍！

他至少須要擋住那一棍：最早的援手也得要在他抵擋得住這一招之後才趕到。

人生在世，最兇險的招式，得要自己一個人來接，這正如造愛的歡樂絕對要自己去感受享受、而病痛的折磨也完全由自己來忍受一樣。

◇◇◇

溫寶爲了要接這一棍，不惜大喝了一聲。

他要叱起自己的鬥志。

他要叫醒自己的鬥意。

他一叱喝，才發現了一件驚人的事：

他竟聽不到自己的聲音。

——難道他竟失去了聲音!?

◇◇◇

他沒有啞。

而是米蒼穹的棍嘯和呼嘯，聽來只過份尖銳但並不算太響，卻能完完全全的遮蓋了自己發出的叱喝之聲。

米蒼穹的棍風和嘯聲，竟比他的棍子和招式還先發制人，擊中了他敵手的耳膜與聽覺，使對方的戰力全爲他所控。

鬥志爲之所制。

神亦爲之所奪。

米蒼穹一棍打下。

溫寶橫刀一架。

他架住了這一棍。

但卻保不住自己的命。

他招架的那一刀，招式有個名字，就叫做：

「問天」。

他的「問天一刀」剛封住了對方的棍勢，藉勢還擊，他攻出一刀：

「笑天」。

可是那一刀才削出，他發現他自己所接的那一棍「實」的力量雖已盡放，但「空」的力量仍未發出：

然而那一刀，是「空」大於「實」。

——也就是說，他擋住的，只是虛力，當實力爲空力所取代時，那一棍的力道才源源滔滔洶洶湧湧而至！

他只好把「笑天一刀」的攻勢，反轉爲守，變爲：

「問天」。

這「問天一刀」原是守勢。

可是卻在這一瞬間，有一件事發生了：

誰也沒覺察。

誰也發現不到。

溫寶忽覺右腿「環跳穴」一麻。

——似有件什麼事物，射在他那穴位上，使他本來邊退邊避邊迴刀「問天」的一刀，因這一失足而不退反進。

既然是進，「問天」就不成其爲守勢了。

他只好反攻。

這時急變遽生，他已不及細思，一刀「嘯天」就遞了出去——

他的反攻使米蒼穹沒有了選擇。

他原只想一招把溫寶迫退，再一棍把唐七昧震傷，好教他們知難而退。

他可沒意思要一出手就跟群雄結下深仇。

他只想嚇退他們，或震懾住這些人，使他們不致過份囂張、步步進迫。

可是他這時已不能選擇。

因溫寶不退。

反進。

且出手。

一刀。

他知道溫寶的毒力。

他亦深知「老字號」溫家的毒性。

他更知曉溫寶手上的是毒刀。

他若不立殺此人，讓他欺近身來，不但再也嚇不走眼前這些人，只怕自己也得要惹上一身的毒蟻。

所以他只好一棍砸了下去。

用了全力。

——一種全然是「空」的力道。

——真空的力。

血。

血紅。

戰士的血特別紅。

——也許是「老字號」溫家子弟的血更烈、更紅。

那是一種憤怒的血。

怒血。

◇◇◇

怒血憤濿的濺溢出來。

溫寶倒地，就像一隻打碎了的元寶。

唐七味想扶住他。

可是扶不住。

——誰能扶住一隻打碎了的杯子、碟子或碗？

鮮色的血觸怒了唐七味熾熱的心。

他也沒有別的選擇。

他在憤怒中出手。

他的暗器迸射向米蒼穹。

——這些暗器型體可愛好玩，有的像甲蟲，有的像蜻蜓，有的還像小孩子那圓圓的腮、頰、眼甚至鼻頭。

可是這些暗器的效果都很可怕：

因爲都會爆炸。

強烈的爆炸。

——同時也是強力的。

五　怒花

爆炸的暗器炸向米蒼穹。

——在蒼穹的迷霧間，像極了一朵朵憤怒的花。

米蒼穹發現從他一出手、一舞棍伊始，一切都沒有得選擇。

一切都失卻了選擇的餘地了。

他尖嘯。

出棍。

棍是硬的、尖的。

然而棍勢卻是空的、無的。

唐七味忽然發覺自己發出的暗器，沒有爆炸。

——正確來說，不是沒有爆炸，只是沒有了爆炸的聲響。

他看得見它爆它炸，但卻寂靜無聲。

他情知自己耳膜若不是已給對方震破，就是爆炸聲已爲敵手聽去並不怎麼響亮的嘯聲所掩蓋。

他忽然覺得「空」。

——五臟六腑，似給同時掏空了一樣的空。

眼前也爲之一空。

——青天白日灰霧滿地空！

就在這時，米有橋一棍迎頭打落。

也在此時，唐七味全身發出了一種味道：

臭味。

只要對方能聞得著這臭味，他就有本事把對方毒倒。

——因爲「味道」也就是他的暗器。

全場有那麼多人，但這「一味」他只向米蒼穹發出，別人就不會聞得到。

因爲他是唐七味。

——「獨沽一味」的唐七味。

四川蜀中、唐門唐家堡的唐七味。

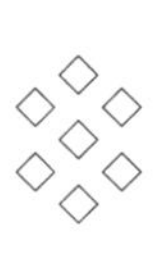

——是他先毒倒了他？還是他先一棒將他打死？

不知。

因爲其間出了點變化。

變故。

這變動不大。

只不過他們之間，忽然多了一個人：

張三爸！

「天機」的龍頭：爸爹！

◇◇◇

張三爸可以說是丟了一個臉！

他以爲米蒼穹正攻向他，所以要全力反擊，結果，不是他讓米有橋打了一個空，而是他自己上了一個當。

米公公根本志不在他。

是以，溫寶慘死，張三爸覺得好像是自己一手造成的。

所以他絕對不能讓唐七昧也命喪這兒！

他迎上了米蒼穹。

還有他的一棍朝天！

他越是接近那一棍，越有一種強烈的感覺：

那一切都是空的。

不存在的。

——夢幻空花。

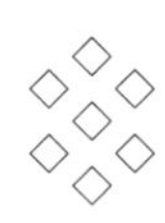

他們就像是亙古以來就安排好了的一對死敵，今日狹道相逢、決一死生，誰都再也沒有退路。

張三爸沒有用兵器。

什麼兵器都沒有用。

——雖然他十八般兵器，啥兵器都能用、會使。

他不但不退，還反攻。

用他的手指。

——天下獨一封神指！

◇◇◇

張三爸用手指（而且不是拇指便是尾指）去對抗那樣長如此粗這般尖而且還這麼凌厲的棍！

——朝天一棍！

◇◇◇

米蒼穹以長棍直取張三爸。

他的兵器，氣勢凌厲，但越是迫近張三爸，他越有一種感受：

這一切都是直見性命的。

甚至是迫出性情的。

一句話，四個字：

——性命攸關！

米有橋的棍長。

長一丈二。

而且它竟似會伸縮，能縮能伸的。

伸長了、伸直了，竟長足一丈八。

那是一種絕長的兵器。

張三爸的手指，再長也不過三、四寸。

但他居然敵住了這長棍。

棍子虎虎作響，當頭砸下。

張三爸用手指（而且還是指尖）去接。

——血肉骨指怎能承受這瘋狂瘋魔瘋癲的棍子？

但每次棍子眼看要擊著張三爸身上時，張三爸都是急不容緩但總能及時從容的用手指的指尖在棍身的某部位上一彈、一頂、一抵，棍子所帶的所挾著的無匹鉅力，竟就完全給抵消了、不見了、轉化了。

——要是用別種兵器，還絕對沒辦法那麼圓滑這般巧妙簡直妙到顛毫的做到這點！

張三爸卻一一做到了。

米蒼穹每攻一棍，他就不退反進。

待打到了第十一棍（張三爸也接下了第十一棍）時，張三爸離米蒼穹，也不過是三尺之遙了。

這一來，大家已幾近肉搏，十分兇險，招招專打罩門、式式只攻死穴。

最長的棍子，對上了最短的手指。

◇◇◇

其實張三爸不是不感受到那可怕的壓力，那可怖的死志，以及那可畏的：

空

但他已爲這凌厲攻勢迫得退無可退了，他只有反擊再反擊唯有反擊！

米蒼穹也沒有辦法。

張三爸越接近他，他自己便越兇險：他的棍子宜長攻不宜近守，然而張三爸卻已迫近咫尺。

他開始的攻襲是用棍尖。

到第七棍時，他已改用棍身。

至現在第十一棍之際，他只能用棍尾。

——然而，這時張三爸的手指（不管拇指還是尾指），已隨時可以戳著他的要害和死穴了。

◇◇◇

兩人對決。

已絕對沒有退路。

◇◇◇

也失去了餘地。

越接近米蒼穹，張三爸就越知道自己的勝算越大。

他已出盡渾身解數。

——出道五十餘年來，他從來沒有用過這樣大的力氣心神，來對付過一個敵人。

他越發覺得這太監是他前世的宿敵，是上天特意使他和他在今天會在一起，一了上輩子的宿怨恩仇。

就在這要命關頭，「呼」的一聲，米蒼穹手中的棍子，忽似神龍一樣，脫手飛上了天。

一下子，陽光彷給切成了許多片。

霧也給打散成了許多塊。

棍子在半空呼嘯旋轉，打著棍花，像一朵朵盛開的怒花。

張三爸不禁抬首：

看那飛上天的棍子——

——它什麼時候才落下來？

——它落下來之時會造成什麼傷害？

——米有橋是故意使它脫手飛去，還是給自己剛才那雙指並施的一招：「鬼神之怒」指法震得把不住棍子？

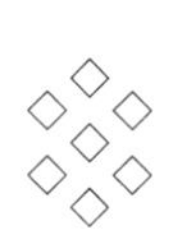

這電光石火間，張三爸可有兩個選擇：

一是速退。

——米蒼穹棍已脫手，他已佔上風，得饒人處且饒人，他該退再說。

——難保米有橋棄棍之後另有殺著，先退定觀變也是上策。

（況且他跟米公公並無私怨！）

二是急進。

——趁他失去了兵器，殺了他。

——放虎歸山，對米蒼穹這種人，殺他的時機稍縱即逝，絕不可放過！

（何況他曾殺了溫寶！）

這一下，他得要馬上決定：

攻還是守。

進還是退。

——甚至死還是活！

你說呢？

六　怒笑

就在這時，有一件事，看似偶然的發生，卻改變了張三爸的決定。

也決定了二人的命運。

那就是忽來一物，急取張三爸右足的「伏兔穴」。

可是，張三爸身邊有一名高手，正爲他「掠陣」：

這人正是唐七味。

唐七味何等機警，況且，他更是唐門好手，對任何暗器，均瞭如指掌。

他大喝一聲：

「卑鄙！」

雙手已挾住那件「暗器」。

他拍住暗器時，已戴了一雙黑色的手套，這手套能保萬毒不侵，同時，他一看「暗器」來勢，已不敢輕敵，一抓之間，也用了全力，可是，他雖合住了那物，但身子仍給帶動了一步半。

只一步半。

但那已非同小可——暗器的大祖宗唐門裡的好手居然在全力全神接暗器還得佔了下風！

不過，更令唐七昧震驚的是：

那「暗器」連他也沒見過！

——連他也斷斷使不出來。

因爲，那只不過是一條絲穗！

——一條劍鍔上繫的那種絲穗。

一條紅色的穗！

一條劍穗，居然能隔空打人，且把唐七味帶跌了一步半！

——而唐七味居然找不到發出絲穗的人！

那是什麼人！

這是何等駭人的功力？

這算哪門子的暗器手法!?

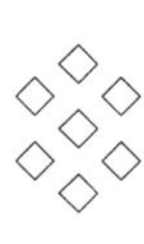

暗器沒有打著張三爸。

唐七味已替張三爸雙掌挾住了暗器。

——儘管那只是一條劍穗。

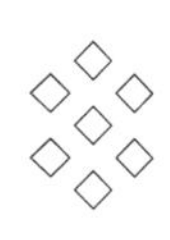

但這劍穗依然改變了張三爸的命運。

原因是：

張三爸也感覺到背後下部有暗器襲來。

他那時正要決定進退。

——進還是退？

——反守還是急攻？

但就在這節骨眼下，既後頭有暗器襲至，他已不能選擇後退了。

只好迫進。

——唯有進攻，他才能讓替他護法的唐七味及時解他之危。

他深信唐門暗器好手唐七味一定能解決這暗器的。

果然。

唐七味不負他之信任。

可是他自己卻身陷危境。

絕境。

他不退反進，原已極迫近米蒼穹，現倒可更貼近這老太監了。

棍子還在上空盤旋飛舞。

然而米蒼穹卻出手了：

用指。

他右手中指如棍，一指撲下！

——「指棍」！

原來他真正要命的棍法，是手指的棍！

張三爸情急之下，竭力想避，但米蒼穹左手食指運指如風，尖嘶而至，已迅速在他胸腹之間，劃了一下。

只劃一下。

——輕得就像輕輕的抹了一下。

然後米蒼穹就身退。

立即全面、全速身退。

他在退身時，他身後四名爲他「掠陣」的小太監，已爲他接住了剛落下來的棍子。

米蒼穹退身、立定，他蒼黃著髮，藍著眼，左手指天，右手指地，全身散發出白色的煙霧，那陣子老人味，竟一下子使全場的人，都聞得到、嗅得出、感覺得十分強烈。

——好像那不是人，而是獸，不然就是魔，或者是山魈夜魅什麼似的。

但絕對、不是、

不是、

人

！

◇◇◇

張三爸彷彿怔了一怔，甚至愕了半晌。

他雙手捂著胸腹。

沒有動。

也好一陣子沒有聲。

大家都靜了下來，凝視著他，全場像針落地的聲音也清晰可聞。大家都屏住了呼息，氣氛似凝成了冰。

人人都難免會有憤怒的時候。

每人表達他怒憤的方式都不同。

然而，張三爸卻採用了這個方式。

他笑。

當然，他的笑竟充滿了悲憤，所以是一種：

怒笑。

◇◇◇

「……好棍法！」

說完了這句話，張三爸搖搖欲墜。

他的徒弟女兒何大憤、梁小悲、張一女全部竄了過來，扶住了他，只是他胸腹之間，血汩汩地流了出來，也只聽他衰弱地說了一句：

「我是決鬥而死的，不必爲我報仇……不必結此強仇……」

血如泉湧。

張一女想用手去捂，一下子，手都浸得紅透了，手指也沾在一起，但血沒有止，反而湧得更多。

那血竟流得似像小溪一般的快活。

何大憤馬上在傷口撒上金創藥。

可是沒有用。

金創藥一下子就給血水弄濕了也沖走了。

梁小悲立即封了張三爸身上幾處穴道。

但也沒有效。

血照樣流著，且發出款款的聲響，滔滔不絕，像許多孩童的精靈聚在那兒愉快的沐浴著。

彷彿非得血流成河，不止不休不可。

唐七昧一看就知道：

完了。

——救不活了。

他更震訝的是：

怎麼一個老人家能流那麼鮮那麼猛烈的血！

——多得他從未見過，也聽都沒聽說過。

那血浸透了張三爸的衣衫，染紅了張一女的玉手，又流過石板地，還像是一路歡騰狂歡似的流著、淌著，流竄過溫寶的屍體時，彷彿還有靈性，打了個轉，逕自流向正站立不動、一手指天、一指指地、藍目蒼髮的米蒼穹，彷彿要血債血償似的，一路向他足部攻流過去，且帶著鮮活的艷色，和鮮明的軌跡。

賀。

那血折騰扭動，不像是一場死去的代價，反而比較像是節日時酬神謝恩的慶

——也許，張三爸這一輩子幫的人太多了，救的命太多了，行的善太多了，所以他的血才會那麼多、那麼紅、那麼有活力吧？

唐七昧只好爲眼前這麼不可思議的映像作出了自我安慰的解說。

然而，這時，張三爸溘然而逝。

他的臉上似還有笑容。

至少，那確是半個詭奇的笑意。

他的生命，彷彿不是消失的，而是流逝的：

隨著那血，一路流去。

七　怒嘯

米蒼穹緩緩的收回了一指朝天、一指篤地的手。

他屹立在那兒。

髮色蒼黃。

他的眼已不那麼藍了，但身子微顫、微微抖哆著。

他接過了那四名小太監遞來的棍子。

他橫棍屹立在那裡，不大像一個剛殺了強仇大敵的嗜血野獸，反而像是一個面對洪荒猛獸迫近的老人。

一個沒有了、失去了退路的老人。

◇◇◇

他殺了張三爸。

他等於同時：

一、得罪了所有的白道武林人物。

二、跟「天機」組織結了死仇。

三、與「風雨樓」及王小石結下不解之恨。

他不想這樣。

他也不要這樣。

他更不喜歡面對這局面。

——他一向「老奸巨猾」，甚至當這四個字是對他這種老江湖、朝廷大老的一個最高讚美。

可是他犯上了。

不是他要殺的。

他知道是什麼「事物」造成他身陷於這局面的。

——那「劍穗」要瞞過在場所有的人不難，但卻仍是瞞不過他。

他知道是誰發的「暗器」。

他知道是誰把他今天迫入了這條路。

所以他生氣。

憤怒。

他發出嘯聲。

怒嘯。

他不服氣。

可是，「天機」的子弟更不服氣。

更加憤懣。

因爲太監殺了他們的「龍頭」。

——這老賊殺了他們的師父、恩人！

他們怒嘯、狂嚎、咆哮，且一擁而上。

他們矢志要把這老閹賊亂刀／劍／槍／棍／暗器……分屍，才能洩心頭之忿。

米蒼穹的眼瞳重新劇藍猛綠了起來。

他揮舞著棍子，竟發出了一種類似高山古寺的鐘聲，洪洪的響。

他已沒有退路。

他要殺人了。

——已殺了這兩個人，等於是跟「金風細雨樓」、「老字號溫家」、「天機組」及所有的江湖豪傑結下深仇，沒辦法了，只好以殺止殺，以暴易暴。

該流淚的時候，不妨聲淚俱下，不惜老淚縱橫——只要還能打動得了人。

但到非流血不可的時候，那就讓他血流成河吧！

米蒼穹氣藍了的眼眸裡，最先留意到的是方應看。

——方小侯爺，手按他腰間赤紅色的小劍，居然笑著：

微微笑著。

吃吃的笑著。

就像他剛剛吃了一塊世間最好吃的豆腐，而且還是最美艷的小寡婦賣的、最好吃的一塊豆腐——而他還是把整塊都吞到肚子裡去。

並且沒有人知道。

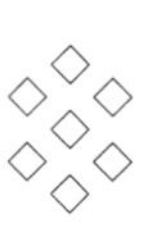

但還是有人知道的。

至少米蒼穹現刻就知道了：

他已是給搭在弩上的箭，不管他願不願射出去，他都只得射出去。

只是他不明白：

不明白對方爲何要把他給搭在弩上？

他的棍子已不朝天。

而是朝著人：

衝來的人群。

他忽然聞到一種氣味：

腐朽的老人味，像潮水一般的向他湧來，快淹沒了他，連他自己也快變成一具腐蝕了且只會發出臭味的屍首了。

◇

就在這時，忽聽馬蹄急響，有人大吼：

「住手！」

雙方不得不一時住手。

因爲下令停手的，除了蔡京的兒子蔡絛之外，還有一個黑白兩道都十分尊敬的人：

四大名捕中的「冷血」：

冷凌棄。

◇

他們手上不僅有蔡京的手令，還有御賜的「平亂玦」。

官兵和「有橋集團」的人都立時不再打下去，但群雄中「天機」和「老字號」

的人復仇心切，卻不肯罷手。

——只要他們不肯收手，劫囚群雄說什麼也只好捨命陪君子了。

——在白道武林而言，「不講義氣」、「臨危背棄」是罪大惡極的事，他們可不願爲、也不敢爲的。

這也許是黑白二道最大不同之處：儘管都是武林人物，甚至也是不法組織，但白道中人（例如「金風細雨樓」的弟子、「連雲寨」徒眾、「毀諾城」的人、「小雷門」的子弟、「天機」殺手……），他們一不爲私利而動武，二不作不義不公之事；因這兩項戒守，江湖上才分成了黑白二道……

誰說正邪之間毫無分界？

有的。

——只不過，不是以別人（通常是掌握了權力的人士）分派好了的，不是自封自賜的，而是公道自在人心。

冷血知道「仇深似海」的心情，也知道「血債血償」的憤恨。

他知道自己不該擋住這些人。

但他也沒有選擇。

——犧牲已很夠了，誰都不該再犧牲下去的了！

他是個捕快。

他本來的職責：是幫好人將惡人繩之以法，除暴安良。

可是現在卻不是鋤強易暴的時候。

他現在更重要的是制止更大的殺戮、停止更多的流血、終止更可怕的犧牲。

一見那些紅著眼、亮著利刃、狂吼著、只不過稍稍一停又衝殺上來的人群，蔡絛早已嚇得打馬退到丈七、丈八外去了。

唯冷血不能退。

他一退，群豪就得面對米蒼穹。

——這老太監是京城裡武功最高深莫測的一人。

群豪縱使可格殺之，也一定會付出恐怖的代價：

——這代價太大了。

——這代價不該付。

——這樣格殺下去，就白白浪費了王小石牽制蔡京於「別野別墅」之苦心了。

所以冷血不但不退，且長身攔於人前，長嘯道：

「別過來！停止了！不要再殺下去了——」

可是群豪正在極大的憤怒中：

在他們此際的眼裡，只要看到誰攔著不給他們手刃仇人的都是仇人；在他們這時的耳中，只要聽到誰叫大家不要報仇的都是仇家——張三爸的血好像在地上歡騰著它的蔓延不絕、迂迴曲折的路，他們的血液更因而沸騰得像剛當上將軍的少年終於等到了他第一個號令。

他們會因而停手嗎？

八 憤哭

不知道。

冷血只能「搏一搏」。

當年，諸葛先生一同訓練他和一群大內高手、侍衛之時，曾有過一個項目：赤足過火。

——俗稱之爲：「火路」。

那是一條「路」，但都鋪滿了火紅熾熱的炭，大家都得要赤足步行過去。

那是可怕的經驗。

而且十分駭人。

——誰也不許以輕功飛越或運內功抵禦，只能很快的步行過去。

大部份的人，都不敢過；有的人腳軟，有的人心寒，有的人卻退了下來。

冷血卻不。

他過了。

不為什麼。

——只因為他相信諸葛先生。

他堅信「世叔」不會讓他們無辜受到傷害的。

所以他赤足走了過去。

很多人都佩服他膽子大，但更多的人以為他跟那些跳乩或拜祭典禮中的神人一樣，得到神明的護佑。

其實不然。

「我在火堆中沒有做過手腳，也不是有神明特別護佑，凌棄過得了，完全是靠他自己的膽色和信心。」諸葛神侯曾向大家解釋道：「只要坦然面對、舒然步過，我們的腳底在接觸火炭的瞬間，便立會有汗水釋出，形成一層絕緣的保護體質，只要在那層汗膜尚未蒸發前提起腳再走第二步，汗水便會吸收了先前的熱量，變作蒸氣，腳掌因而不致灼傷。」

然後他作了總結：

「任何制限，都是你給自己設定下來的。先說服得了自己的內心，才有制限。

一個真正的江湖人，誰都該走這條路，也誰都該去走一走這種路。」

冷血最能明白諸葛所言。

在每個人的生命中，都有制限，都有所恐懼害怕做不到的事：那其實是一種「劃地自限」、「自築藩籬」。

冷血不要。

他要面對。

——生命只有一次，你不面對它，便對不起這條命，也不算真正的「生」過。

他決定面對。

所以他的劍法很狠。

因為他對敵一向只進不退。

——可是今天卻不是對「敵」。

而是一群好漢。

——甚至是「自己人」。

如果這群紅了眼豁出了性命的人，仍不肯罷手，他又如何面對？怎樣攔阻？如何解決？怎麼對付呢？

但他情知擋不住這一群形同瘋狂的人，但他仍要去擋，就是擋一擋也好！

這時，那一群衝殺上來的漢子們有好些人在其中大吼：

「四大名捕，也是朝廷走狗！冷血是什麼東西，吃官家飯的都沒好貨色！我們先做了他，再殺閹狗！」

世上最勇敢的人必然也是最孤獨的人。

——不過，世上最孤僻的人卻不一定是最勇敢的人。

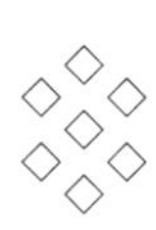

幸好，冷血現在還不是「最勇敢」的人。

他是「勇敢」。

因爲還有人像他一般勇敢。

所以他仍不算最孤獨的人。

另一個和他並肩在一起，大喝聲中阻截群雄簇擁殺來的是唐七昧。

他一手撕掉自己臉上的青巾。

這時候，他要站出來，而且還得要亮相：

——不然，給熱血衝昏了頭腦的群豪，一定會懷疑他的目的，並且不會接受他的勸諭：

「住手！不到最後關頭，萬勿輕易犧牲——這還不是時候！是英雄的就該為大局著想，馬上停手！」

他人很瘦，平時說話語音又輕又低，但而今一咆哮起來，卻如尖錐刺入人耳！

——問題是：他的話是不是能收服得了人心？

歷來是：要人聽見，易；使人聽從，難。

他站出來也是責無旁貸。

因爲他跟米蒼穹交過手。

他知道對方的實力。

——群雄縱能殺得了這個人，只怕也活不了一半的人。

況且，就算犧牲了一半的人，亦不見得就能殺得了這老太監。

更可怕的是：這兒另有「高手」暗中掠陣：

——那「劍穗」！

能發出那「劍穗」的人，武功、內力，高到出奇，只要這個人跟米有橋聯手，只怕這裡的人縱全都不要性命，也不見得就能取對方之命！

他是「蜀中唐門」的人。

他幼受教誨：「英雄是給掌聲拍出來的」。

——掌聲之下出英雄。

你給一個人掌聲：他便容易成爲英雄，縱犧牲掉性命也在所不惜。

你若只給他噓聲：他便會黯然得連狗熊都不如。

所以他要立即站出來，不是給這一群急著要爲張三爸、溫寶報仇的人喝采，而是要澆冷水，要喝醒他們：

這時候，別當英雄；要人當流血的英雄是一種不道德的行爲！

好些人停下來了。

他們聽唐七昧的命令，雖然未必心服口服。就算不聽唐七昧的，也相信正氣喘咻咻趕過來的梁阿牛傳來的訊息。

但仍是有人不顧一切，衝殺上來，有人還大喊：「他殺了龍頭，他殺了我們的龍頭……不報此仇，還算是天機子弟麼!?」

幸好這時候，又有一人挺身而出，與冷血、唐七昧那兒一站，大喝道：

「天機的子弟聽著：不許動手！留得青山在，不怕沒柴燒！我有『龍頭令』！統統住手！」

說話的人是梁小悲。

「大口飛耙」梁小悲只能算是張三爸的「半個徒弟」，他是「帶藝投師」的，同時也是「天機」的四當家。

他善於行軍佈陣，他本來就是宋軍的參謀經略使，他因得罪了蔡京、王黼黨人，一再被貶，一家發配充軍，家人路上受盡折磨，都死光了，他則給張三爸領「天機」的人救了出來；他一發火，殺光了押解的人，變成了「天機」組員，要殺朝中貪官污吏。

他有一種特性，就是忽然「抽離」開來，觀情察勢：

這種「特點」，他倒是與生俱來。

小的時候，他在廟會時跟大家一起看酬神戲，鑼鼓喧天之際，人人都看得如痴如醉、如火如荼，他看得一半，忽然「置身事外」，覺得戲是戲，我是我，於是他反過來看人看戲的樣子，反自得別人不得之樂。

青年時候，他與人相罵，眼看罵得火紅火綠、臉紅耳赤之際，他忽然省悟：我們爭箇什麼!?白雲蒼狗，須彌芥末，宇宙浩瀚，人生短促，我們爭那麼一豆點兒小事幹啥？

所以，他反而不罵人，且任人罵去。

別人見他不反駁，也就罵不下去了。

因此，到他跟家人給發配充軍，受盡劫難之時，他在皮肉受苦、身繫枷鎖之際，也能以：「我身體在受禁錮，但神思卻仍無限自在」來作「自我安慰」。

甚至在他家人終抵受不住折磨受苦，一一逝去之時，他在別的家人號啕憤哭之中也突然憬悟：

——傷心也無補於事。

人生在世，誰都要死、誰都得死，看誰死得早一些，遲一點罷了。

所以他反而不傷心了。

也不哭了。

他反因而保住了元氣。

而今的情形，也是近似；

張三爸慘遭殺害了！

大夥兒要掩殺過去為他報仇！

但他卻突然省悟到一件事：

報仇——務必要報得了仇，才算是報仇；否則，只是送死而已。

他看得出這還不是報仇的時候。

所以他立即站出來，以「天機」的四當家的名義喝止了衝上來的弟子。

只不過，由於梁小悲在組織裡，背後運計策劃的多，真正負起責任打衝鋒擔大任的少，這干忠肝義膽而又悲憤塡膺的子弟，有一半都未必肯聽他的。

幸好還有另一人，在這時候立即表態支持了他的意見：

「不要過來，退下去！」

說話的人居然是張一女。

她是張三爸的獨生女兒：

——她在喪父之痛的此際說了話，就如同是下了令。

「天機」弟子，不敢不從。

張一女能在此時強忍悲怒憤哭，幫梁小悲撐腰，要大家退去，主要是因爲她爹爹臨嚥下最後一口氣之前，還在她耳邊說了一句：

「……阿女，天機的人若現在想爲我報仇，必全軍覆滅於敵手。……妳一定要制止他們。」

為了這句話，張一女才自悲慟中掙起，不許「天機」弟兄立報此仇。

於是，冷血、唐七昧、梁小悲、張一女、梁阿牛等五人，一起也一齊阻止了劫囚群眾向米蒼穹的掩殺與反撲。

米蒼穹這才緩下了一口氣。

他身後四名小太監，本來手都伸入襟內，現在才又放鬆下來。

這四太監本來都在等。

只等米公公一聲號令。

——號令一下，他們就立即把四色空花炮火放上半空，那時，已埋伏好一支二千三百人的禁軍和「有橋集團」裡九十七名精銳高手，都會一起出動，殲滅這干武林盜匪、亡命之徒。

宮中兵衛的勢力，畢竟不可忽視；「有橋集團」是各路王孫侯爵勢力的大結合，實力更不容忽視。——這些宮廷派系和皇親國戚，為了自保於不遭日漸坐大囂張之蔡京黨人的吞蝕，也紛紛把資貨、人材投注於「有橋集團」這兒，基礎早固，牢不可拔，已大可與蔡京黨人相埒了。

所以米蒼穹更不願先跟江湖俠道人物結仇，不讓蔡京離間得逞，且坐收漁人之利。

稿於一九九三年元月十九至二十日：溫「巨俠」、梁「咪屎」、何「牛羊不分」三劍十二次回馬行／自首都返金保首日逛街大購物／三妹香江電告培新款到手／海允可姊赴KL行一波三折／上三寶洞拜祭父母／小辮子一再破我功法，可厭／姊夫病漸顯／怡保某處有我大量作品租售。

校於元月廿一日至廿二日：同門相鬥智，局面何可悲／光華日報轉載訪我文章／方電遇我大悲／紫靈珠碎裂為二／大習武，自狂打／首次在父母房自煮宵夜／雨歌知情／「哀莫大於心死」／「本來是風景，終於走上了一條絕路」／利俐M。

第十章　與世有爭

一　苦笑

四大名捕各有他們的聯繫方法。

追命參與了制止破板門的廝鬥。

冷血趕上了勸止回春堂前的血戰。

爭戰一開，不易止息。

——但幸而還是能暫時停戰：就算和平是暫時的，也總勝卻只有爭戰，沒有和平。

崔略商和冷凌棄即把他們的情報，用他們最特殊的方法，迅速傳達了開來。

鐵手幾乎是馬上收到了這兩個消息。

他一旦收齊了兩項訊息，就立即進入了「別野別墅」。

沒有人敢攔截他。

——因爲蔡京的命「似乎」還在王小石手裡。

用「似乎」二字是因爲：

王小石那三箭一旦發了出去，是不是就能要了蔡京的命，還是他自己就得立即血濺別野別墅，這點大家都很懷疑。

鐵游夏大步而入。

大家都望著他。

當中有不少是在朝在野在武林在江湖中名動天下的大人物：蔡京、王小石、天下第七、一爺、神油爺爺、詹別野、童貫、王黼（他剛與另兩名親信、高手趕至）、蔡攸……

他們就等他一句話：

這句話好像只是有關於兩名欽犯的性命，但也同樣關乎堂堂當朝丞相的生死。

鐵手一進大廳，沉著臉，神目如電，睃視全場，然後長吸了一口氣，說：

「唐寶牛、方恨少都沒死，且已釋放，劫囚者都在撤退中，官兵沒有追擊。」

鐵手說話，一向一言九鼎，重逾千鈞，無論是他的朋友，還是敵人，全都會聽信他的話。

當一個人平生過去都重然諾、守信義，言行一致，別人自然會尊重他的話，甚至比法規條文的約束更爲有效。

鐵游夏顯然就是這種人。

◇◇◇

蔡京暗底裡長舒了一口氣。

但又提起了一顆心。

王小石也是這樣。

——甚至在別野別墅裡所有的虎視眈眈的高手，都人同此心，心同此感。

蔡京哈哈一笑，故作瀟灑地道：「解決了。幸好你要的人都沒死，沒真的釀成悲慘下場。——我們這下大可化干戈爲玉帛，成爲朋友了吧？」

王小石笑了。

笑容很有點苦澀。

「雖然停了手，人也救了出來，但犧牲只怕極鉅；」王小石苦笑道：「蔡元長，你作的孽還不夠深重嗎？你身爲宰相，普天之下，一人之下，萬人之上，爲善則名傳千古，萬民感戴；爲惡則臭名遠播，民憤難平——你要爲善爲惡，且好自爲之吧！」

說著，忽把左右十指一扣，弩本已拉得夠滿了，這一拉，居然又強自拉張成十四夜半的九成滿月開來，更滿，且繃得死緊的，不即斷弦就要迸崩了。

蔡京和一眾府內高手均大驚失色。

蔡京急嚷道：「慢著慢著，王小石，你你你你這可不能不守信諾，我可是什麼都答允了，也什麼都辦到了……你你可可可不可不能不守信信信用——」

王小石長嘆一聲、苦笑了一下，雙目一閉即開，目綻神光，清澈動人。

「你會守信？」

「我當然守守守信……」蔡京說，「不守信不得好死——」

「好！」

王小石吆喝了一聲：

「我放了你——」

話未說完，就射出了他的箭！

◇◇◇

一弩三矢：

太陽神箭！

這三箭驟發，急射蔡京，眾皆失色，豈料射到半途，三箭分道折射，竟分三個方向射了出去：

一射天下第七！

一射黑光上人！

一射一爺！

驟變遽然來！

天下第七的手上本來是一個將解未解、要開未開的包袱。

突然間，他手上變得光芒萬丈！

——就像千個太陽在手裡！

那一道箭芒，本如午陽當空飛射出來的金矢，一旦射入了天下第七手裡光芒中，就像消失了、不見了，既似同化了，也似是根本融化了。

黑光上人詹別野卻整個人好像變成一團黑氣。

妖氣。

他全身就像一條扭動的龍捲風，那光芒萬丈的神箭一旦射入這「黑色地帶」，立即就失去了原來的光芒，失去了原先的威風，也失去了力量。

一爺則不然。

他突然仰天打了一個噴嚏。

那一支箭瞬間射到，他突拔刀，刀長，那一把看來溫柔多於凌厲、媚俗大於殺氣的刀，一刀就斬斷了箭。

箭一斷，就像是一個疾行的老虎霍然失去了頭，也就失去了生命，失卻了力氣。

箭落於地。

失卻了殺傷力。

王小石發出三箭。

三箭都是射場中高手：

但三箭都落了空。

傷不了人。

是傷不了人。
更殺不了人。
但王小石的目的，不是殺人傷人：
而是阻人：
——阻止敵人截殺他！

二 虎笑

發出三箭的王小石，遽然向天虎笑。

他的笑不再苦。

而是虎。

虎虎生風、虎嘯龍吟的虎。

他一拳擊飛別墅總管孫收皮，一腳撐開要搶攻佔便宜的托派領袖黎井塘，他虎笑聲把截著他去路的頂派老大屈完震退七、八步後再意猶未足又退七、八步，別的圍攻上來的人全給他手上太陽神弩迫退。

這時，童貫、王黼（及他兩名手下）立即護著驚魂未定的蔡京。

王小石立即就走。

黑光上人、天下第七、一爺正分別在應付那三支要命的改道折射的箭。

王小石忽爾急走。

——要是他要突圍而去，他再怎麼厲害，輕功如何高明，都給這期間內至少調來的三千侍衛和大內高手封死了、堵住了。

他斷然是走不掉的。
不過王小石不是往外走。
而是往內闖。
這是別野別墅。
也是蔡京的行宮。
——他往內闖，闖入了也只是死路一條。
因爲那兒沒有路。
絕路。

可是王小石照闖不誤。
他似乎不要活了。
在這時際，他居然不是退，而是進。
——進，且攻進蔡京大本營的中心與核心！

這一下，倒大大出乎蔡京和他黨羽的意料之外，一時沒攔得著他。

卻只有一人例外：

◇◇◇

「神油爺爺」葉雲滅！

◇◇◇

他恨死了王小石。

他一直盯住王小石的一舉一動，乃至目不轉睛。

他認準王小石是他前程的障礙石：要不是王小石，蔡京準已任用他爲高官要職了。

但他認爲時機仍未失。

他認準了王小石：只要他抓了王小石、或殺了王小石，這天大的功勳，依然是他的，任何人都不能與他並比。

所以，王小石愈是耗費時間心力，愈是耗損得蔡京心驚神竭，他便知道自己的功會立得愈大，日後地位更加不可忽視，故此他更聚精會神，全力只待必得必殺之一擊。

終於，他，等到了。

王小石箭射一爺、詹別野、天下第七三大高手。

卻獨遺漏了他。

所以他立即出手。

出手一拳。

一拳往王小石背門擂去！

◇◇◇

情況非常明顯：

他要是能一拳把王小石打倒、打死，他就能在蔡相面前立下不世之功績；要是不能，他只要能稍稍絆住王小石一下、一瞬、一陣子，那麼，王小石在眾多強敵聯手之下也絕逃不了命，這功勞他也必少不了。

所以他一拳就飛了過去。

——這蓄勢已久、待發甚矣的一拳，竟只像是一失手、一失足間便自然而然的打了出來。

這一拳，像沒什麼。

其實，世上所有的事物，都只像是「沒什麼」的：你隨便拿起地上一顆石子，它也沒什麼，只不過，如果你仔細研究、分析，其實，這樣一枚沒什麼的石子，通常都經過億年萬載地殼的演變、風霜的侵蝕、火山熔岩的淬煉，歷經過多少時代的演變，看盡多少人情世態、夢幻空花，今日，才能成爲你手上輕易拿著隨便拾起一顆看來「並沒有什麼」的小石頭！

葉雲滅自從練成了「失手拳」，他自己就是一把神兵，無需再倚仗利器。

他一直在等著要打這一拳。

現在他便打出了這一拳。

葉神油一向都認爲：每一次發奮努力的結果，通常都有加倍的補償。

所以他肯等。

等待著一施所長的時機。

所以他敢試。

嘗試各種不同的方式和招式，一次不成，再一次，直讓自己全盤獲得勝利爲止。

他也跟一般人一樣，飽嘗著失敗的考驗和試煉。大多數的時候，大家都嘲弄和訕笑他的失敗與挫折，而不是鼓勵與同情。他也跟大多數人一樣，在那種孤立無援而又得面對徹頭徹尾嚴峻考驗之際，他覺得是上天虧待了他。

他每次遇上這些重大挑戰、重要關頭之時，都想放棄，但最終都沒有放棄。

因爲在那種時候，他總是在想：

——近日「天機」龍頭老大張三爸在壯年時曾一度給人打得一敗塗地，惶惶然如喪家之犬，天下雖大，幾乎無容身之所，他帶著幾個徒弟到處流亡，但終於仍能在絕境中重新屹立，且把「天機」組織得更壯大強盛。

張三爸是以「奮鬥」來抵抗失敗。

——昨日的「金風細雨樓」總樓主蘇夢枕，一身患疾七十二，病得半死不活，而且還斷了一條腿子，更因對抗強敵「六分半堂」而分心，給親信手下白愁飛所趁，先中了毒，還著了埋伏，以致大權全失，但居然能隱忍潛伏，保住性命，一直到有一日能眼見目睹及一手造成仇人白愁飛敗亡之後，他才自盡而歿。

蘇夢枕乃以「不屈」來敗中求勝。

葉神油覺得在人生裡，在面對考驗的那一刻：自怨自艾、退縮畏懼，是毫無意義的。有的人能通過這些磨練，有的人則不。有的人能克服各種困境，且以困境爲淬煉自己剛強銳烈的火焰，而有的人只能終日徬徨、絕望、沮喪、憤世而活。

他不管了。

他可不顧一切，掙扎到底。——不死不屈，奮鬥無畏。

他堅信：只要能堅持最好的並且堅持到底，最後往往都能如願以償。

他一廂情願的堅信這個。

所以，他能忍耐、等待，用恒心和毅力，一種武功練不好，他改另一種；一樣絕招練不成，他改練另一樣。

他知道必經努力和磨難，才能等到最好的。

所以他忍。

他等。

他等著忍著來打這一拳。

他這一拳的目的是要把王小石打下來。

他要打倒王小石。

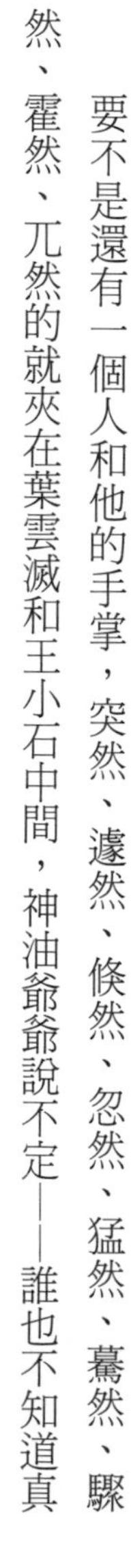

要不是還有一個人和他的手掌，突然、遽然、倏然、忽然、猛然、驀然、驟然、霍然、兀然的就夾在葉雲滅和王小石中間，神油爺爺說不定——誰也不知道真正的結果——就真的可以一拳把王小石打倒。

三　笑死

擋在他們之間的是名捕鐵手：

鐵游夏。

鐵游夏看似也是要在此時搶攻並且進襲王小石。

他並且還發出一聲怒喝：

「呔！王小石，你逃不了的！」

然後一個虎步，跨前，一掌衝出！

◇◇◇

他那一掌是拍向王小石背門。

這一掌之勢，足以山搖地動——至少，他的掌一起，掌風已滿溢了整個大廳，而掌勁也充斥於別野別墅中，遊盪迴衝，震震不已。

以鐵游夏向來沉潛、謙抑的性子，他很少會發動那麼聲勢浩蕩、氣勢高昂的內功和掌功的。

可能，他今天是因爲恨絕了氣絕了王小石，所以才發那麼大的脾氣，發出那麼巨大的功力。

不過，王小石可沒有因爲他叫他不要走他就真的不走了。

他反而還「溜」得更快一些。

——王小石原來「逃」的時候可比「追」來得更快一些：簡直像一枚給人大力擲出去的石子，勁，而且急；速，還十分快。

鐵手一掌拍不著，卻不知怎的，卻迎上了葉神油的那一拳。

——不，看去是神油爺爺那一拳正好打在他掌上，彷彿是要故意替王小石擋去這一擊似的！

轟的一聲，一掌一拳，擊在一起！

兩人一個身子一晃，一個退了一步。

都沒有事。

當天晚上，葉雲滅吃的喝的，全都吐了出來，什麼都吃不下、喝不進胃裡去。

有一次嘔吐的時候，他還發現裡邊夾著一顆牙齒。

如是者三次。

他總共掉了三顆牙齒。

——因爲那一掌。

他心裡明白：

他不願意有鐵手這樣的敵人。
他一定要殺掉像鐵手那樣的敵人。

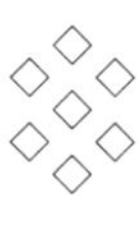

鐵手好像也沒有什麼事。
但從那一天晚上起，他的頭髮一天至少掉落一百根，一直延續了三個月。
那一段日子，他幾乎成爲半個禿子。
而且，那一夜開始，他只要閉上眼睛，都在做噩夢：
夢見自己陷身在浮沙裡。
沙很浮，他掙扎不得，漸往下沉……
一連七夜，都做這種夢。
所以他也心裡清楚：
他也不想有像葉雲滅那樣的敵人。
他一定要克服像葉神油這樣的敵人和他的拳勁。

就在鐵游夏和葉雲滅對了這一拳和這一掌之際，王小石已迅速衝破了包圍。

衝進了內堂。

衝入了堂內第一間房子。

大房子。

他踢開了門，闖了進去。

這時，他的追兵：天下第七、一爺、黑光上人等人也追到了。

但誰都沒有立即衝進去。

因爲門只有一個。

王小石在裡頭。

儘管這三人武功高絕天下，但要作第一個人要單獨去對付負隅頑抗的王小石，大家都沒意思要首當其衝。

所以大家都望向蔡京，等他下令。

蔡京驚魂未定。

蔡京驚魂初定。

鐵手已向葉雲滅叱喝道：

「咄！你怎麼擋開了我對王小石之一擊——！」

葉神油正想回叱，但張口一甜，真力激盪，元氣大傷，一時說不出話來。

童貫扶著蔡京，他是武官出身，皇帝趙佶是先寵愛他而後因他引介而寵信蔡京，所以更恃勢行兇，目中無人，改而向鐵手叱道：

「你幹嘛放那廝逃命！你這小小衙差不要活了!?」

鐵手索性一負雙手，淡然道：「你們可都看見了，是我出手對付王小石，沒他那一拳，王小石早就倒下了。」

童貫也眼見「實情」如此，所以更氣上頭來：「哼，嘿，諸葛老兒的走狗捕快也會追捕王小石？笑死我了！」

鐵手氣定神閒，道：「童將軍勿笑，更千萬莫要笑死，否則，童將軍一定會誣構在下多一罪狀：那就是將軍是遭在下點了笑穴而笑死的了。」

童貫氣煞，眼暴瞪若銅鈴，正要發作，王黼怕遭鐵手聲東擊西、移花接木，忙安慰道：「童將軍別惱！王小石走得入別野別墅，便插翅也難飛。他現在自投羅網，困死房中，如此更好，這兒銅牆鐵壁，咱們就來個甕中捉鱉，他死定了，才犯不著跟些衙差雜役嘔心嘔氣！」

蔡京這回驚魂始定，忽喊：「不行！」

眾皆不明。

蔡京這時驚魂已定，叱道：「不能讓他在房中！」

黑光上人詹別野第一個醒悟，叱道，「對！這房裡有——」

話未說完，他身上黑光大作。

如一道黑雲，遮星掩月。

同其時，天下第七手上發出一道極其奪目眩眼燦臉亂神的強光。

同一時間，一爺出刀。

長刀一揮。

那房間登時倒了。

塌了。

房門也沒了，銅鏡也給震裂了：

——沒了房門的房間，一切遮蔽家具都給震碎、震倒，王小石這時難道還能不現形、現身嗎？

四　哭不得

可是勢必也理應無所遁形的王小石卻還是遁了形。

這一回，連蔡京一向擅於控制的表情也哭笑難分了起來。

笑不出：是因爲王小石竟然潛入了自己的居所，脅持了他，還逼他下令釋放欽犯、不再對劫囚者追究格殺，之後還居然在自己身邊多名高手截擊下，公然逃離得了「別野別墅」！

——以自己一貫小心慎重，身邊高手如雲，加上起居之處向以守衛森嚴著稱，而今這權威和形象都赫然給王小石一手打翻、一腳踢破，這還了得！

權威這回事就是這樣：只要給人攻破了一個缺口、打倒了一次，立即，它就威信大失，它必須不斷的復加上去，權才有威，威而有權，一旦開始倒減，那麼，就冰消瓦解，兵敗如山倒，很快很快的，恐怕就連最後一點的權力和威信也涓滴不剩了。

所以，權威的擁有者一定要一寸山河一寸血、寸步不讓、退一步便無死所，只能維護他的權威，而且還愈要鞏固權和威，不能讓它有任何缺口；因爲一旦有了破綻，很容易便完全崩潰瓦解，所以權威是只進不退、沒有回頭路、走向不歸路的玩意，但又是人人都最愛玩的玩意兒。

——或許直至權崩威滅為止。

蔡京同時也哭不得：

儘管他剛才也許怕得幾乎淚涕交迸，在皇帝龍顏大怒之時也曾涕淚紛紛求恕不已，但在他一干手下和擁護者面前，他是不能哭的。

一哭，就給人覷出了虛實。

在權位上，連笑和淚，都只是一場戲、一次演出，除了為爭取政治上的本錢，都不該有任何大喜大悲的。

對蔡京這種老經世故的「大老」而言，喜怒不形於色，是當官從政者的第一道不可有失的防線。

——儘管王小石剛才是脅持了他，而且自出自入，如進退於無人之境，且不管在場的人如何驚詫、驚疑，他自己也一樣震動、震撼，但就一定不能先露了形跡。

因為這是危機，他一定要跨越過去。

這麼多年來，在政治上的翻雲覆雨，在朝廷中的爾虞我詐，使他知道遇上困難的時候，第一個步驟，是先冷卻它。

——困境是有熱力的，那「熱力」使人難受，而且有一種爆炸的迫人，令人神眩目昏，要對付它，先要讓它冷卻下來。

一旦冷卻，它便回到「本來面目」，無論問題、困難有多大，只要呈現了原來的形跡，便不太難對付、應付。

要使問題冷卻，首先要自己冷靜下來；要自己冷靜，那就一定不能有任何驚慌，心要安靜，人才能冷靜。

要解決困境第一要害是：

絕對、絕對、絕對不可驚慌。

因驚慌於事無補，而危機往往趁驚怕和慌亂時趁虛而入，而且，一個緊張不安的人，易爲這種心理而崩潰，不可能盡展所長。唯有冷靜，才能認準困難所在、抓住問題核心，甚至即時解決了問題。

蔡京現在就是這樣：

一、他先是怕、驚疑和生氣。

——他的命曾懸於王小石手中，不到貪生怕死的他不怕。

——他在大房中確有秘道，那是用來以備有日自己若遭親信手下叛變時，亦有逃遁的後路，王小石而今居然先行利用了這隧道，令他驚疑極了！

——究竟王小石是怎麼知道這秘密甬道的？誰出賣了自己？誰告訴了他？這都令蔡京憤怒難抑。

二、當他一旦發現王小石已利用地道逃逸後，他立即表現得神逸氣定，好像早就知道了王小石必然能逃得了出去似的，微微笑道：

「果然給他快了一步！」他不慌不忙的吩咐道：「文世侄，一爺，你們帶人到萬歲山的噓噓亭去截他去——看還截不截得著？」

天下第七和一爺領命便去。

三、他接著下來馬上思考了兩個問題：

——王小石既知道這內堂第一間房：「心震軒」有秘道，那麼，別野別墅裡一定有臥底，自己身邊也一定有內奸！

——他馬上聯想起當日王小石借受自己之令殺諸葛先生其實是要藉機狙殺自己一事；以及昨日才真相大白，但他卻一早已暗中擘劃的：蘇夢枕原來沒有死，卻受敵人包庇保護，倒戈一擊逼死了出賣和背叛他的白愁飛！

兩件事加起來，蔡京腦裡立即產生了一個疑問：

——王小石是不是還沒有走？

——他會不會還留在地道裡，俟自己盡遣人手追殺他時，才反撲出來攻襲他？

於是，他立刻改換了人手。

他要「神油爺爺」去取代天下第七。

他的身邊一定要留下忠心且絕無貳心的親信。

而且還得要武功超卓、高強。

他信得過「天下第七」和「黑光上人」。

——因為天下第七對外的關係很不好：他父親也曾是朝廷命官，但太工於心計，害過不少人，後來終給敵對派系六扇門裡的高手殺了；天下第七一向跟他父親不和，所以早無相干，但受過他父親迫害的人只要知道他們份屬父子關係，對他也不見得有好感，深惡痛絕的，還大有人在。

世事本就這樣：好事不出門，壞事傳千里。

何況，「天下第七」的武功很高，做人功夫卻很不足，他在蔡京手下行了不少惡事，若失去了這個靠山，他就什麼也不是，必遭人追殺於江湖——雖然要把他殺了也還真不容易。

「黑光上人」則更信得過。

——因為詹別野現在「國師」的地位，得要靠他一手扶植。

他們倆唇齒相依、血肉相連。蔡京若有了這位國師為他造勢，更加可以為所欲爲，如虎添翼；而黑光上人若失去了蔡京的支持，只怕變的種種戲法很快就要給戳破，一切神蹟都得要不靈了。

——像趙佶這種好玩、荒淫的皇帝，今天會相信這位法師神通廣大，明天卻可能去拜奉另一位活佛法力高深了，如果沒有蔡京作爲穩實的後台，詹上人不見得能夠超然了那麼久、權威了那麼長的一段日子的。

何況，這地方本來就是送給詹別野的，甚至以他爲名，現在丟了人，最丟臉的，第一個仍要算是這位「黑光上人」。

所以他先留住了詹別野和天下第七。

他派葉雲滅和一爺去追擊，臨行前還握著葉神油的手，鼓舞而且關心地說：

「你雖然才跟我，今天也沒成功截殺王小石，但我還是信任你。」他懇切得每一句如出肺腑：

「天涯海角，你給我把他抓了回來，不然，殺了也是一樣。」

葉雲滅頷首。

用力。

很用力。

他要做到這件事。

他一定要做到這一件事：
——以報答蔡相對他的「知遇之恩」。

五 笑不出

一爺和神油爺爺領人才去，蔡京立即著天下第七率人撬開櫃旁那大黃銅鏡後地道入口，著童貫的親兵「五虎將」下去好好掃蕩一番，生怕王小石就潛伏在裡面。

這時，他就跟童貫、王黼、詹別野以及蔡攸等迅速商議出一個頭緒來：

「王小石能懂得從這兒逃走，一定有內應。」

於是，他們要馬上找出那「內奸」來。

要知道，這種人反而不一定擅於外爭，但一定善於內鬥：他們最怕的是身邊的敵人，而不是遠在天邊的外敵。這實跟他們的所作所爲，如同盜賊有本性上的休戚相關，難免會特別忌諱。

他們找出蛛絲馬跡，推理尋由，點清人數，剔除可能，在那所謂的五「虎」將回報地道並無敵蹤，而留下的痕跡直達皇宮的百歲山雁池之時，他們已約略得出了個結論，有了一個極可懷疑的對象：

蔡旋！

在找出這個「線索」之前，蔡京一直非常慎重的要天下第七和黑光上人守在他身邊——要是有一個派遣出去，另一個也定必在他左右圜視。

例如在天下第七率人進入地道尋索王小石的時候，黑光上人就在蔡京身旁；當黑光上人到處去搜查蔡旋下落之際，天下第七便護著蔡京。

懷疑蔡旋是王小石的內應，黑光上人詹別野是第一個警省到的。

但他並沒有馬上道破。

他侍候像皇帝趙佶、宰相蔡京這些人已多年了，十分清楚這種人愛聽什麼、不愛聽什麼，各人脾胃，早已摸得一清二楚；他也有不少徒子徒孫，他要收服這些三山五嶽的人，自然都有非凡手段，且得要對症下藥，對各人的心態喜惡，亦瞭如指掌。

他看透了這些所謂宮廷侯爵、達官貴人的威嚴嘴臉、大義凜然，但私底下卻什麼好事都幹過。通姦、亂倫、凌弱、欺貧，從勾結私營到強佔婦女、收養孌童，乃無所不爲。

所以，當皇帝忽然心血來潮、良心發現的時候，忽然祭了那麼一次神，就責問他爲何不就馬上風調雨順、天下太平？公卿大臣、宦官上將，莫不如此希冀。他只好找些好聽的話搪塞過去了，但事實上，他心裡想說的是：

——你們做盡這些喪盡天良的事，沒馬上有現眼報，上天已經很不公允的了。

他當然不會這樣說。

宮裡的人都當他是活神仙；朝中大臣對他又敬又畏。蔡京期許他做好一名活仙人，百姓希望他是一個好神仙——他不知道自己是否能一一勝任，但他卻肯定自己是個對人情世故遍歷、通透的人。

因此，他看出了蔡京與蔡旋有曖昧——當然也不只是蔡旋，蔡京跟他的好幾個女兒與親眷，都有不清不楚的關係。

但他只是留意。

沒有說破。

他一直都很留意蔡旋這個女子，因爲她很特別。

她當然相當漂亮。

可是這個並不是詹別野特別留意她的原因——雖然黑光上人也相當好色：色即是空，空即是色，既然空色不分家，他好色也只不過是好空而已，不犯戒，不破律。

他留意蔡旋是因爲她在蔡京的女眷裡，是很懂潛藏的一個。

黑光上人留意到蔡旋的舞姿，必須要輕功非常好的高手才能舞得出來的，她的力氣也很大，有次府裡有位婢女不小心滾下井裡去了，她單人用一個桶子就把對方平空吊上來了；她的應變也很快，黑光上人曾派人試過她。

可以這樣說，蔡旋除了對自己愛唱歌並且把歌唱得相當好一事全不遮瞞之外，其實她的潛質全部隱忍不發，一點也不透露出來，形諸於外的，反而是她那種官家小姐的脾氣、挑剔、火性兒。

黑光上人因而覺得很有趣：

蔡旋爲啥要隱瞞這些呢？

——這不像是一個雙十年華女子的嬌憨無邪。

詹別野卻只心裡思疑，口裡不說。

——誰知道蔡旋這樣的舉止，是不是來自蔡京私下授意的？

他要是先行點破了，萬一蔡京惱羞成怒、認爲自己多事礙事，豈不功討不著，反而惹人煩、討人厭？

所以他不說。

只觀察。

留心。

也留意。

而今王小石居然在別墅的重重包圍下逃出生天，詹別野知道一定有內應，他很快便想到了蔡旋：她受何小河脅持之後，便走入了內堂，詹上人有留神，見她走入的正是之後王小石遁走的那間房子！

他馬上去找蔡旋。

蔡旋已不在。

誰也沒再見著她。

她，走了。

——跟王小石一道兒離開了！

黑光上人知道再也不能緘默了。

——再不作聲，就得要揹黑鍋了。

所以他馬上通知了蔡京。

收到這消息之後的蔡京，一時真是笑不出來。

他跟蔡旋確有曖昧關係——他特別疼愛這個女兒，但由於他行事十分小心謹慎，他跟她也並沒有太多獨處的機會。

他也故意讓黑光大師隱隱約約的知道他們的事，他對詹別野的聰明和善解人意，有著絕對的把握，他知道黑光上人是既不會問，也不會說予人聽的——就算說了，他也不怕，他已隻手遮天，打個噴嚏就能翻雲覆雨，他還怕什麼！

只不過，一聽是蔡旋，他心道好險，也真有點不是味道。

他馬上去查蔡旋的一切資料：

在這同時，孫總管發現有兩名親兵，給點了穴道，軟倒在帳幔之後。他們外服盡去，孫總管初還疑爲是敵。

蔡京即命人解開他們的穴道，才知道他們本是守在「心震軒」的，但就在王小石欺入房門之前給點倒了。

蔡京看到他們，跌足道：

「一爺他們那一趟萬歲山是白跑了。」

童貫不明：「怎麼說？不一定追不上呀！」

蔡京道：「王小石和阿旋剛才真的沒有走，還留在屋裡，聲東擊西，故佈疑陣，讓我們以爲他從地道遁走，害我們分散人手，白追了一趟。」

童貫大吃一驚，王黼忙按刀鍔四顧道：「他……他在這裡？他他在那裡？」

蔡京道：「不。剛才他是在的，但現在卻已真的走了。」

王黼狐疑地道：「你怎麼知道他已走了？」

蔡京道：「他才不會留在這兒等我發現。他見我身邊一直有高手護著，沒把握殺我，就一定走，絕不會待在這兒讓我們發現。」

童貫瞪著銅鈴般大目，顧盼虎吼：「他在哪？叫他滾出來！本將軍要他死得好慘好慘。」

蔡京的長眼尾睞了一睞，微笑下令，到處徹底搜索。

王黼兀自不肯相信：「他走了？他怎麼走的？他怎能從我們眼前大剌剌的走過去？不可能吧？他會隱身法不成？」

蔡京道：「他確是明目張膽的走出去的。剛才一爺領的兵，其中有兩個便由他們喬裝打扮的。大家都忙著去追他，卻不知追他的人便就是他。」

王黼這才放了心，怒道：「他好大的狗膽！」

蔡京還沒說話，卻聽詹別野呈來他所發現的：在蔡京剛才坐著接見葉雲滅的太師椅下有一張紙。那紙上寫著幾個字：

「狗頭暫且寄下
信約不守必亡」

蔡京看得怒哼一聲，劈手將信紙一甩，噗的一聲，紙沿竟直嵌入檯面裡去。眾皆大震，知蔡京功力高深。

蔡京向黑光法師略微點頭，表示嘉許：剛才他長時間爲王小石持箭所脅，顏面全失，現至少撈回了個彩頭。

不過他也確心寒骨悚：

王小石剛才確在這裡，且在自己身後不遠處，要取自己性命，著實不難，幸好自己一直留有高手候在身邊，否則，只把重將全派去追捕，後果不堪設想。

更可怕的是蔡旋。

——一個就常在自己身邊的人！

他想到王小石和蔡旋這兩個「危機」，就警省到：自己日後一定要更小心、更慎重，更要有萬全的防範，不可以有輕微的疏失。

——一失足成千古恨啊！

何況這樣子的「失足」，也得一失足成千古笑呢！

六　哭笑難分

蔡旋的「資料」，很快便送上來了：

這些「來龍去脈」的紀錄，在這兒都有孫姓總管爲他編排整理。孫收皮在「別野別墅」裡的身份一如蘇夢枕身邊有個楊無邪一樣。

蔡京一看，卻頓時哭笑難分。

原來蔡旋竟不是他親生女兒！

這當然十分荒誕，一個人怎會連自己兒女是不是親生，都不記得？更何況以蔡京之精明機心，更不致如此糊塗。

——一個大奸大惡的人，通常都要比忠誠正直的人聰明。

也就是說，奸臣往往比忠臣更有機心。

但世事偏就有這樣不可思議的事。當時雖然男女分際森嚴，對倫常綱紀，亦十分注重，不過因為皇帝本身就荒淫奢靡，乃致上行下效，大家說一套，做一套，到頭來，反而是民間百姓，嚴守綱常，但對當朝得勢有權者而言，只要興之所至，淫心一起，什麼倫常分際，早拋到九霄雲外去了。許多豪門大室，根本就是沆瀣一氣，胡來一通。

蔡京可謂是當時得令的人物。除了皇帝，誰能節制他的權力？就算天子，也未必不聽他的，因為失去了這個人，當皇帝就當得沒那麼快意了。是以，蔡京更為所欲為、肆無禁忌，妻妾成群，僕從如雲。

妻妾一多，兒女更多不可勝數了。

多得甚至連蔡京本人也搞不大清楚。

他不清楚，但他並不迷糊，就像宮廷裡自有太監對發生大小事皆有紀錄一樣，他的起居生活、家庭細節，都有人詳作紀錄。

監督和彙集這些紀錄的是總管孫收皮。

蔡旋便是這樣一個「畸型」的特例。

她原來根本就是獄吏章繂之後。章繂因上書向皇帝陳情，提出蔡京私改「鹽鈔法」，印鈔廢鈔，全力謀私，危害天下，宜以禁止約制。趙佶不辦此事，卻交給了蔡京。蔡京一怒，削其官，把他黥面刺字，發配充軍，中途毒死。王小石剛才在怒斥蔡京盡除異己的時候，就提過這個人。

至於這清官章綍全家，都貶為奴隸。其中章璇兒及其胞妹章香姑，因長得雪玉可愛，恰巧給蔡京的五妾陳氏看中，陳氏又並無所出，故就納了來當乾女兒。

當時，章璇兒和章香姑年紀還小。一個八歲，一個七歲，大家都以爲她們都未懂事，也不怎麼爲意。事實上，蔡京家族已無限膨脹，財雄勢大，人丁旺盛，他也搞不懂哪個兒子、女兒是乾的還是濕的，親生的還是過繼的。

其實，章璇兒、香姑已懂事。她們眼見父親全家遭受迫害，而今又賣身蔡家，受種種苦，為求生存，她們只好忍辱吞聲。

陳氏讓這對姊妹花改姓蔡，把名字的最後一字去掉，於是就成了蔡旋、蔡香；蔡京於是乎又多了一對「女兒」。

日子久了，蔡京也忘了這對寶貝兒是不是真的自己所生了。——何況，他為爭權，不惜斥弟殺子；為淫慾，也不怕亂倫通姦：蔡旋、蔡香，到底是不是「女兒」，已不重要了。

問題是：

——是不是仇家的女兒，卻非常重要。

還十分的重要。

因爲這是要命的事。

現在已查出了個「究竟」：

——蔡旋竟是章綷的女兒！

難怪在這重要關頭上，會給自己倒上一耙了。蔡京心道好險。他是個善於自惕的人。一個人已手握大權，又有足夠的聰明，他卻用來思慮周劃如何鞏固自己的權力和財富上，另一個他所注重的，就是怎樣保命、延壽。

他再次想到自己日後得要多加提防：王小石能混進別墅裡來，蔡旋居然是常年在身邊的臥底……自己再要是大意下去，只怕就得要老命不保了。

——沒有了命，還有什麼富貴？哪提什麼享受？

所以，他日後對自身安全防範，更是講究，更做足了功夫，致使日後謀刺他的俠客志士，都不能順利得手。

這不啻是王小石這次箭逼蔡京，要他下令放囚的反面效果。

蔡京也立即下令孫收皮追查另一名「奸細」：蔡香的下落。

孫收皮立即領命。

一直以來，因爲他覺察蔡京跟蔡旋有曖昧，故不便對蔡旋來歷作仔細審究，而今發生了這樣的事，他知道蔡京難免會遷怒於他，他爲保家安命，所以查得份外落力，連蔡京五妾陳氏的家世來歷也一併清查了。

不過，蔡香卻在七年前，已「神秘失蹤」了。

蔡旋跟王小石跑了。

蔡香失蹤了。

——章緈一家的後人下落，到此就斷了線。

蔡京知道在這些人面前，不可以有受挫的表情。

所以他想笑。

笑總代表了成功和勝利。

不過他笑容未免有點哭笑難分。

——無論是誰，忽然發現自己的女兒竟背叛了自己，都不會好受。

何況這個他養了多年的居然不是自己的「女兒」！

還好，總管老孫是一個很聰明、機警且善解人意的人：

他呈報那些不利於他的資料，都是私下的。

當蔡京審閱那些資料之時，孫收皮就拚命的跟大家說話——說話不是肉搏，也許不是拚命，但孫收皮的確說得十分「賣命」。

他要吸引住大家的注意力，好讓蔡京可以回復／掩飾過來。

——也就是爲了孫收皮有這個特點，蔡京不惜重金禮聘，把他原從「山東大口神槍孫家」的總管一職，挖來了當自己府邸的大總管。

一個好的助理當然懂得什麼時候挺身出來替主人當「惡人」。

——大家都想暗中觀察蔡京看「報告」時的臉色，但卻給孫收皮東問一句、西笑兩聲擾亂了心神。

一位好的主管自然知道替自己的老闆在重要關頭爭取「歇一口氣」的機會。

——孫收皮在這關節眼上，寧可自己緩不過來一口氣，也得讓主子先透七、八口氣再說。

他成功了。

蔡京已轉過了臉色。

其實他也不需要太辛苦、太刻意。

因爲他有一個一向喜怒不形於色，萬一形諸於外，也能迅速恢復、莫測高深的主公。

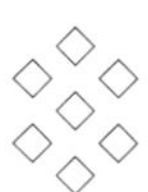

蔡京一手把「資料」和「報告」擲於地（當然，孫收皮立即便收了起來），不在乎似的哈哈笑道：「在我好心好意，替貪官章緈養大了女兒，而今她竟恩將仇報，勾結王小石這等逆黨，真是知人知面難知心。我早知她暗懷禍心，但總予她改過自新，她三次害殺我不成，沒想到還勾結了王小石，今日來箇倒耙一招！」

童貫悻悻然道：「太可惡了。相爺真是宅心仁厚，以德報怨！什麼東西嘛，敢在太歲頭上動土！我們該怎麼對付這些逆賊是好？」

「我會請皇上頒誥天下，請各路英雄好漢、衙差捕役，務必要緝殺王小石毋赦！我，王兄、童將軍，各派高手千里追殺王小石和他在逃的同黨！」蔡京說殺人的時候臉上瞇瞇的笑紋看來竟有些兒慈祥，「我會向京畿路傳下命令，不許再給王小石踏入京城半步！」

王黼忽問：「王小石當然罪不可恕，但這次在菜市口和破板門二處官兵俱受亂黨劫囚衝擊，這些暴民惡賊，一日不誅，京城豈有平靜之日？」

蔡京嘿嘿一笑，欲言又止。

他當然更想一氣把反對他的人全都剷除，一個不剩。

但他也記起王小石的話：

——你要追究，只能追究主謀。

——我就是主謀人。

——你至少有七道僞詔矯旨落在我手裡！

——只要你一不守信，我自會著人呈到聖上那兒去，就算你有通天本領，看皇上這次還信你不！

是以蔡京垂著目，像看到自己鬢角有隻小蜘蛛在結網，嘿嘿的只笑著，孫收皮即接道：

「這個當然，但擒賊先擒王，先把亂賊群寇的首領拿下了，其餘的還怕不一一授首嘛！」

童貫、王黼是何等人物，官場已混到成了精，做人已做到入了妖，一聽明了三四分，再看更白了五六成，都說：

「對，先格殺了王小石這罪魁禍首再談其他的！」

「便是！王小石不除，其餘小兵小卒宰一千一萬個也沒意思！」

蔡京這才笑了，跟大家離開了「別野別墅」，商議如何一齊上奏天子，請皇帝親自下令，格殺王小石，並順勢參諸葛小花一本，說他勾結亂黨，謀叛造反，殘害朝中大臣：留在「別野別墅」裡的太陽神箭，就是最好的罪證。

蔡京與其說恨王小石，不如說他「怕」王小石。

——像他那麼一個神威莫測、向來高高在上的人，王小石卻每次都能迫近他、威脅他，讓他喪盡了顏面。

雖然說，以他堂堂「相爺」之尊，居然會怕一個市井遊民王小石，實在是一件說不過去的事。

但他更恨的，卻是諸葛正我。

他「怕」王小石，只要設法把王小石拒之於千里，就不愁他來對付自己。可是真正能威脅自己的，卻是諸葛小花！

——剷除諸葛老兒才是當務之急。

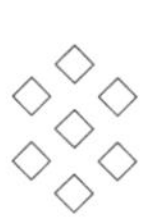

這點他很清楚。

十分明白。

他們都離開了「別野別墅」之後，孫收皮開始著人收拾「殘局」，重整「場面」。

其實所有的「大場面」，不管是之前還是之後，還必須有他這種人來料理打點，才可以「上場」、「完場」。

他特別小心謹慎的把有關蔡（章）氏姊妹的資料一一收起。

他知道蔡京必然還會再審閱這些「資料」，但又不許除了他自己之外有任何人會看到它。

這點很重要。

不明白這點的人，根本幫不上任何「大人物」的忙，也不會允許讓他靠近身邊，成為親信。

孫收皮還特別親自去收起了那張王小石留下來的、由黑光上人發現的紙條。

他拿到字條的時候，還特別用手稱了稱，留心看了看。

紙條是稍微沉重了一些。

——果然在紙沿上，給嵌套上了一圈刃鋒。

刃鋒一旦鑲嵌在紙沿，自然就有了重量：就算這紙張隨便往地上一落，只要不是石板地，就一定像一支飛鏢似的，釘插於地。

蔡京當然不會寫一張字條來如此侮辱自己：

敵人在他府邸裡出入自如、橫行恣肆，畢竟是件極不光彩的事。

但紙條卻是黑光上人先發現的。

是他遞給蔡京的。

蔡京閱後，就往寬大檀木桌上一摔，噗的一聲，紙張都嵌入檯面裡去了。

蔡京露了一手。

大家都看到了。

嘆為觀止之餘，大家也頗佩服蔡京的深藏不露，內力深厚，咸認為就算王小石真的放箭射他，也未必傷得了丞相大人！

孫收皮看到這張字條，卻佩服另一個人：

黑光上人！

——難怪他能當上國師，而自己還只不過是相府的總管而已！

七　欲笑翻成泣

王小石三箭各射堂上保護蔡京的三大高手後，並得鐵手及時反挫化解葉雲滅之一擊，他不往外闖，卻衝入內堂。

一入內堂，即見蔡旋向他招手。

他逸入「心震軒」，並見蔡旋已點倒了兩名守衛，飛身上床，示意叫他過來。

王小石沒有猶疑。

蔡旋打開床上秘道。

她往下跳，並叫他也往下跳。

王小石也不遲疑。

秘道很窄。

兩人聲息相聞，肌膚相貼。

王小石亦不避嫌。

蔡旋沒往秘道裡走。

她只停在那兒，微乜著眼，相當媚。

「我叫你下來你就下來？」

「是。」

「我不走你也不走？」

「是的。」

「你相信我？」

「是。」

「你憑什麼信我？」

「我相信諸葛師叔。他叫我相信妳，我就相信妳。何況，妳剛才唱的歌，很好聽，壞人是唱不出那種歌的。」

蔡旋對王小石後半段的說法無疑感到十分訝異，但禁不住問：

「舞我跳得不好嗎？」

「也好。但還有更好的。」他在這時候居然還有心談起這個來：

「我認識一個女子，她跳得就比妳更好。」

他說的當然是朱小腰。

——他當然不知道朱小腰已在不久前、在一場舞後喪失了性命。

蔡旋聽了，有一陣子不高興，但隨即又對這不說僞飾話的漢子另眼相看起來；

她也是個妙女子，居然在這時候仍有閒情談歌論舞，還幽幽的說了一句：

「希望有機會我也能見見她。」

她以爲那是王小石的情人。

然後她下令：「我們已把氣息留在秘道裡，現在可以出去了！」

因爲秘道太黯，敵人太強，以致王小石當然沒有注意到她本來孕育笑意的玉靨，卻掠過一陣奈何奈何莫奈何的欲泣來。

王小石沒問爲什麼。

他也溜出了秘道。

兩人伏於樑上，一路匍行，回到廳上來，不生半聲一息。

王小石還掏出了一張早已寫備的字條，彈指使之飄於剛才蔡京所坐的太師椅下——這時候，蔡京正與一眾高手攻入「心震軒」。

王小石卻與蔡旋伏於樑上，未趁這亂時逸去。

他們以近乎腹語的低聲對了幾句話：

旋：「你先走。」

石：「妳呢？」

旋：「我在看還有沒有機會。」

石：「我也是。」

「只要他把身邊的高手都遣去追我們，我就有機會下手。」

「我看他不會這樣不小心。」

蔡旋聽了，白了王小石一眼。

那眼色很美。

——這麼緊張的關頭，眼意仍是慵慵的，似對世情有點不屑、相當厭倦。

無奈。

更特別的是無奈的感覺。

蔡京本來已把身邊高手都派去追殺王小石，但忽然改變了主意。

他留下了天下第七和黑光上人。

這回蔡旋沒有說話。

她是用眼色。

用眼波表達。

她的眼很小。

細而長。

但很會說話。

她好像是說：

「你對了。他果然沒有疏忽。」

然後她的眼波又在示意：

「該走了。再不走，就走不掉了。」

王小石明白她眼裡的話，彷彿也聽到了她心裡的聲音。

他們的行動配合得天衣無縫。

他們混在一爺所帶領追擊他們兩人的部隊中一起浩浩蕩蕩的邁了出去。

當然，那要經過易容。

還需點倒了兩個相府的親兵。

王小石這才發現：

蔡旋堪稱「易容高手」。

——她在這短短的頃刻裡，在極不方便但她顯然有備而戰的情況下，既替她也替他匆匆易了容，居然一時還沒給人瞧得出來。

葉雲滅沒瞧破，那是當然的。

因爲神油爺爺根本還沒熟知軍隊人馬、誰是誰不是相爺手上的兵卒。

但一爺好像也完全沒發現。

這位御前帶刀侍衛大概只習慣「帶刀」，並不怎麼「帶眼」——要知道精擅於「易容術」的高手是絕對有辦法把人改頭換面，使熟人相見難辨的，但要在這麼倉促急迫的情形下化裝成一名軍士，躲過「別野別墅」眾多高手與侍衛的眼力，這就不是件容易的事了，尤其蔡旋是個纖纖女子，要扮成雄赳赳的軍人，可更不易欺人耳目了。不過，看來蔡旋的「易容術」確是高明，加上有部份禁軍是一爺率統，並由他帶入別墅裡來保護蔡京的，他既沒發現，大家也就無法指出其僞了。何況，在禁宮裡，手掌大權的太監梁師成、大將軍童貫、宦官王黼等手下有不少侍衛、奴僕都專挑長相俊美的，大家也不引爲異。

既然「一爺」沒有發現，大家就更沒發現了。

——儘管蔡京縱足智多謀、算無遺策，但他畢竟高官厚祿、養尊處優慣了，並不是江湖中人出身，不知道江湖人有的是天大的膽子，賁騰的血氣，這不是他那種膽小如鼠、但只大膽的貪財蠹國的社鼠奸臣可以揣想得出來的。

或者，一爺是個聰明人。他能在極聰明機詐、擅於偷竊權杌、蠹政於朝、呼風喚雨、以權謀私的檢校太尉梁師成手上成爲三大紅人、高手之一，並指派他跟從保護皇帝，地位自非比尋常。他若不是也極聰明、機智，在這樣的位子上，是決活不長、耐不久的。

一個聰明人當然會只看見他該見的事，而「看不見」一切他不該看見的事物。可不是嗎？

——這年歲裡，連清廉明斷的包拯也給毒殺了數十年矣。

忠臣良相，圖的是萬古流芳，名傳萬代，但唯利是圖、急功好名的人，只嫌百年太長，只爭朝夕。

其實對一招半式定死生成敗的武林中人而言，朝夕也太緩，爭的是瞬息。

只是皇帝徽宗送給蔡京的這一座「西苑」（「別野別墅」只是蔡京用以巴結、招納詹別野爲他盡心盡力、鞠躬盡瘁的「雅稱」），大得不可置信。

他這一座西花園，本就幾乎跟皇帝的「東苑」相媲毫不遜色，但他還要重新擴建，拆毀四周民屋數百間，還代皇帝下詔，要開封府內靠近他別墅的七條街全統歸於他田產名下，任意處置。一時間，這數百尺方圓之地的居民全都流離失所，無家可歸，淪爲乞丐、饑民，乞食求施於道，京城比屋皆怨。

這一來，西苑更見其大，珍禽異獸，瓊草奇花，盡收苑裡。王小石和章璇要混在軍隊中溜出去，想做得不動聲色，當然要相當時間才能辦到。

王小石心懸於菜市口和破板門的兄弟安危，但心焦歸心焦，卻急不得。

——他若是自身一人，或可說走便走，得脫圍而出，但身邊有了章璇（這女子還有恩於他，替他解了劫圍，還一齊落難），他可不想輕舉妄動。

他是個不想犧牲自己身邊任何親朋戚友的人。

他是個武林人，必要時，可以斬惡鋤奸，以暴易暴。

到大情大節、大是大非上，他傷人殺敵，可以毫不手軟。

但他卻也決不爲一己之利、一心之私而傷害任何人，就算朋友、敵人、乃至不相識的人也都一視同仁。

他自認這些是他性格上的壞處和弱點：

所以他成不了大事。

他自覺並非成大業的人材；只不過，他來人生走這一趟，只求盡一個人的本份，能幫多少人就幫多少人，能做多少好事就做多少好事，他卻沒想要成大事、立大業。

——如果要傷害許許多多無辜無罪的人才能成功立業，他豈可安心？他只想快樂、自在的過此一生，不安心又豈能愜意？

這種功業，對他而言，不幹也罷。

所以他入開封、赴京師，只爲了完成他那麼一個自小地方出來的人到大地方龍蛇混雜之所在闖一闖的心願。之後，加入「金風細雨樓」，是爲了報答樓主蘇夢枕的識重，而他也認準了透過「風雨樓」，就能或多或少的牽制住橫暴肆虐的奸臣佞官勾結黑道人物魚肉百姓、毫無憚忌的禍患。他後來退出「風雨樓」，就是不想與自己的兄弟爭權奪利；他逃亡江湖，爲的是要格殺貪婪殘忍、唯務聚斂的蔡京。他流亡天下，也不覺失意；重回京師，第一件事便是要打探結義兄長下落，然後爲他復仇，重振「風雨樓」聲譽。而今他直闖西苑，脅持蔡京，爲的是營救兩位拜把兄弟、好友：畢竟，他是一個見不得有人爲他犧牲、也忍不得有人犧牲在他面前的人。

這些年來，經過創幫、立道、逃亡、流離，他未變初衷，亦不改其志。

別看他那麼個武功蓋世、血灑江湖、大風大浪幾許江山多少刀劍當等閒的不世人物，他卻連貓狗雞魚也疼惜，雖未食長齋（但嗜吃蔬果），偶也吃肉，但對一切爲他殺生的動物（不管豕牛羊鹿）一概謝絕。

沒有必要的話，他也絕不殺生。

——何必呢？大家活著，何苦殺傷對方而讓自己逞一時之快？如果不是非這般不可活，又何苦不讓他人（甚或畜牲）好好的活下去？

這種事，他不幹。

他雖急於知曉一眾兄弟是否已然脫險，但他再急也不想牽累章璇涉險——何況，剛才她已爲了救他而暴露了身份，再也不能待在蔡京門中臥底。

所以他忍著。

等著。

終於等到一爺率領著隊伍出了西苑，他才示意章璇，趁隙脫隊，但章璇卻早一步已混入街外人群裡去。

王小石生怕章璇出事，所以躡後追去，又因不敢太過張揚，只好在人群擁擠中閃身、漫步，不敢施展輕功。

在西苑外的大街店鋪林立，行人如梭。這兒的大宅自然是蔡京的府邸，靠近他住所之地，全給他老實不客氣一人獨佔了，但離開別墅範圍外的店戶、百姓，本都對這權傾天下的人物有避之則吉的心理，避之還猶恐不及，卻非但避不了，連逃也不可以。那是因爲蔡京要他住處興旺熱鬧，繁華威風，以顯他富貴本色，便下令不許商賈百姓作任何搬徙，還把一些在別處營業的生意遷過來這兒開業，不管賠蝕虧損，一概都得賦重稅，否則將財產充公（入蔡京庫府），重則殺頭破家。

這樣一來，就算明知虧蝕，一般商家也只好過來開店，不敢遷往別處；蔡京令下，只有這一帶買得到別的市肆所買不到的絹、麥、鹽、茶、米等貨品，把價格訂得奇高，但人們不得不借貸賒求，所賺的都落入蔡京口袋裡。

是以，這兒一帶雖旺，但卻只旺了蔡京。本來，要看某地有無太平盛世的繁華氣象，只需觀察在市肆做買賣的和遊人是否一片和祥、歡顏之色，否則，那再靡華也不過是虛飾之象。

八 翻笑紅雨落紛紛

這兒一帶行人，便無歡容。

但他們仍好奇。

尤其當他們知道，他們咸認爲神憎鬼厭、權傾天下的人物，就在這兒跟群奸眾小對全國子民作竭澤而漁、焚林而獵的大搜刮，他們更想遠走高飛——但卻不是人人都走得了，避得掉的，不平的不一定可以起而鳴，不服的不一定能反而抗，他們只能逆來順受、卑屈求存。

只不過，他們雖失去了期待，但仍有希望。

人們雖然無奈，但仍有好奇心。

尤其好奇的是：

看這些挾邪壞法、禍國殃民的人，最終是個什麼樣的下場！

今天他們一旦得悉西苑出了事，更有消息傳來：丞相還給人脅持了！大家無不屏息以待，引頸相盼。

——當他們知悉以一弓三矢單人獨力脅持住權相蔡京的人，竟是他們一向仰儀的王小石；而王小石孤身犯難，是爲救前時打了皇帝和相爺的兩名好漢而義不容辭，更令他們欽敬不已，喜在心頭。

——他們也聽說菜市口和破板門都有人劫囚，衝擊蔡黨、閹黨的人，莫不是天下好漢，一起造反？如是，那就太好了。

可惜，結果好像不是。

東、南兩面的劫囚者已退走，聽說還死傷枕藉。

蔡京好像也沒死。

——王小石呢？

他在那裡？

——爲何不殺了蔡京，爲國家社稷除一大害？

但大多數的人並不怨怪，他們只希望王小石能無事就好，反正：留得青山在，不怕沒柴燒嘛！他們都極擔心他的安危。

他們有所不知的是：王小石已經潛出了西苑。

——那號稱極奢窮侈、銅牆鐵壁的別野別墅，卻留不住這一個來自遠方小地方的「小人物」：小石頭。

而今，王小石就在他們眼前。

他們都認不出來。

這樣也好：世上有些大人物，你聽他們平生事蹟、功勳、所作、所爲，大可仰儀、艷羨，思慕平生，但卻不一定須見得才了平生夙願。

——大部份了不起的人物，如以真實面目、原來本性相見、相交，不見得也如他名氣或你所想像中那麼不得了。

何況，王小石根本就不認爲自己是什麼「大人物」。

他一向樂於做「小人物」：唯有小人物才可以自由、自在，不必拘束、了無牽掛，這該多好，這才好！

——當「大人物」太辛苦了。

不過，人物不管大小，他仍有志、立志且堅志不移的當一名「人物」。

做人不可不當「人物」。

——一個真正的人物才會有擔當的勇色。

沒有肩負正義的鐵肩，算不上是個「人物」。

是以，在王小石心目中：大人物或小人物都不重要，他只求自己「是個人物」，而且，他交友不論名位、富貴，只希望對方最好也是個「人物」。

此際，民衆都沒把王小石這個「人物」辨識出來，這使得他漸能追上章璇。

章璇的背姿很好看。

瘦小得很好看。

她扮成男裝，另有一種爽氣，這使得王小石忽爾想起了一個人：

郭東神！

◇◇◇

雷媚！

這是一個王小石永遠也不能理解，既猜不透也摸不清楚的女子。

他不明白她爲何要叛殺雷損。

也不知道她因何要背叛蘇夢枕。

他甚至也不清楚到後來她到底爲什麼要倒過來殺了白愁飛？

爲啥？

——伊好像是一個天生叛逆、獨嗜暗殺的女子！

想到那樣的女子，王小石不覺有點不寒而慄。

但卻又偏想起她。

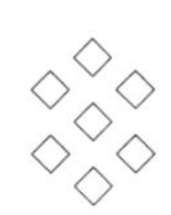

章璇走得很機伶，但走得不算太快。

她好像有意在等他。

等他追上來。

他追上來的時候，她也沒理會他，而且蜂湧而至來看「熱鬧」和「亂子」的民眾仍多，他們仍不便交談。

俟章璇的身子轉過了一方破舊的牆角後，走到一棵正飄落著緋紅色花朵的樹旁，這才停下來，半掩著臉，吃吃的笑著，一張笑靨在白臉飛紅成兩片紅雲。

王小石看了一回，痴了一會，忙左右回顧。

章璇不悅，問：「看什麼？」

王小石道：「怕人看見。」

章璇道：「怕什麼？他們沒發現。」

王小石道：「不是怕敵人、軍隊，怕老百姓。」

章奇道：「老百姓也好怕？」

王正色道：「怕，當然怕。老百姓是水，大江大河大海，皇帝趙佶、奸相蔡京他們只不過是船、是舟，再兇也只能一時乘風破浪，總有一天水能載舟、亦能覆舟。」

他頓了頓，才又笑道：「我怕的倒跟這些無關……而是妳笑得那麼好看，那麼美，旁人看了，以爲蔡京、一爺麾下都有著這麼出色的人物，可都去投靠他們去了，豈不害人？」

章璇瞇瞇的笑開了。

她擷掉了自己的帽子，一種二八年華迫人的清和俊，以及不怕陽光耀面的俏，盡現眼前。

「沒想到。」

她說。

「沒想到什麼？」

王小石問。

「沒想到你堂堂大俠，還那麼會逗我這小女子開心，嘿。」她似笑非笑，但只要一瞇起眼，兩個蒸包子似的玉頰立即現出個淺淺的梨渦兒來：「我沒救錯你，看不出你還有點良心，懂得逗我喜歡。」

王小石近年流亡多地，也跟市井布衣打成一片，笑謔慣了，看這女子笑起來時雙頰漲卜卜的，一片雪意，又像蒸熟透了的包子，便也調笑了一句：「小心救錯了，有時，我的良心小得連自己也險些兒找不到。」

章璇正是笑著、笑著，梨渦忽深、忽淺，遽爾兩頰雪意玉色一寒，笑容就不見了，梨渦也馬上填平了、消失了，只聽她峻然道：「你可別騙我，我為了你，可失去一個報父母家人血海深仇的大好機會！」

王小石聽得一怔，心一寒，一抬頭，只見章璇本來滿腮都孕育的笑意裡，掛上了兩行清淚，還正簌簌的加速墜落了下來。

王小石心頭更是一震：

（這）女子怎麼這麼易哭！

——才笑，卻已翻成了悲泣！

他忙道：「妳，妳別著惱，我是說笑的，妳今天仗義相救，我，我很——」

章璇冷哼了一聲，臉上嚴霜只盛不消，截斷道：「我不愛聽假話。」

「不是假的，」王小石邊留意這兒一帶的平民百姓，有沒往這兒瞧，「妳雖然救了我，但總得講理哇！」

他壓低了語音抗聲道。那些熙熙攘攘的人群，來來往往，卻恰好把他們遮擋了。

他本來是想多謝章璇相救之恩的，要不是為了章璇安危，他剛才在蔡京已下令釋放唐寶牛、方恨少及劫囚群豪之後，就想放手一搏，看能不能格殺蔡京這個禍國殃民的奸雄再說：若能，則能為民除一大害；若不能，最多身死當堂。

可是王小石不能。

他不是個讓朋友因他或為他而犧牲的人。

他不能把章璇犧牲掉。

所以他只好強忍下來。

甚至不能快意的痛快的殺出這耗盡民脂民膏的蔡京府邸。

他本來也想好好的謝一謝章璇，但他看這女子，忽爾笑，忽爾泣，動輒怨人，動輒不悅，他反而把謝意吞回肚子裡去了，很想說些硬話。

這一來，反惹得章璇跺足、蹙眉（但眼兒仍媚，就算是忿忿時也睜不大）、叉腰（叉腰的動作對女人而言就像是位大家閨秀卻忽然成了八婆，但這女子這樣一叉腰卻又出了一種舞蹈般的擰腰折柳的風姿）、叱道：

「原來你感激我的，就是這句話！」她竟悲從中來，又珠淚盈眶：

「你說我不講理!?」

她又想哭了。

忽然一陣風過。

她身後的花樹，嘩啦啦的落了一片花雨，翻笑成紅雪，紛紛落在坡上、瓦上、垣上、地上、坡上。

王小石和她的衣上、髮上、肩上。

彷彿心上也落了一些。

落花如雨花

　落

　滿

　地

　。

兩人本正要起衝突，卻為這一陣風和花，心中都有了雪的冷靜和月的明淨。

好一會，王小石才說：「我不是那個意思。」

章璇一笑說：「那又是什麼意思，難道我講理了嗎？你也沒說錯，只是，怎麼說話老是慌慌張張的，老往人裡望？」

她帶點輕蔑（彷彿對自己還多於對對方）的說：

「也許，我是個不值你專心一致的女子。」

九　未明是他苦笑卻未停

這一句，可說重了，王小石忙不迭的說：「我不是不專心……」

章璇輕笑一聲：「你又何必安慰我？我跟你素昧平生，你本來就不必對我說話專心。」

王小石可急了：「我是怕這些老百姓。」

章璇倒有點奇：「怕他們？有高手混在裡邊麼？」

王小石道：「這倒不是。我只怕百姓好奇，萬一看到我們脫了軍隊，而且妳原是女子，必定過來瞜瞜，一旦圍觀，那就不好了。」

章璇瞇著媚絲細眼在長長的睫毛底下一轉活兒，就說：

「我知道了。你名頭大，管過事。不少小老百姓都跟你朝過相，你是生怕他們認出你，居然和我這樣一個小女子在一起……」

王小石這回可真要跌足長嘆道：「妳好聰明，但心眼可太那個了……前面都說中了，但後頭卻偏了。」

章璇抿著嘴笑。

她喜歡看男人急。

——尤其王小石這樣乾淨、明朗的男子，一急就很好看。

（本來一點都不憂鬱的他，一急躁就憂鬱了起來了。）

「你倒說說看。」她好整以暇的說。

「老百姓一好奇，就會驚動一爺和葉神油，他們一旦發現，就會在這兒開打，我個人生死早豁出去了，但老百姓可有爹娘有妻兒的，一個也不該讓他們為我給誤傷了。我就擔心這個。」

王小石這番話說得很急，也很直。

因為那真的是他肺腑之言。

他天性喜歡熱鬧，但卻是平民的那種喜樂熙攘，而不是奢華淫靡的那種追聲逐色。他還喜歡去買菜、逛市場、找新鮮好玩的樂子，邊吃著粒梨子邊趿著破鞋走，這對他而言，端的是無比的舒服、自在。

他還喜歡跟人討價還價，跟他老姊王紫萍一樣，減價他最在行。他曾試過蹭地爛一樣的跟一個開高價的奸賈減價減了兩個時辰，他癱著不走，到頭來他還是成功了：把三十緡的東西他用一個半緡就買了下來了。而他也心知那奸商還是賺了——該賺的他總會讓對方賺的。

後來他可名震京師了，見過他的人認出是他，他去酒館不必付賬，他買烤肉不必給錢，水果、名酒、山珍、海味、綢緞、寶刀全送到他跟前，他可全都拒收。

不要。

要不得。

——要了就沒意思了。

他也是個好奇的人，以前他只要見兩三個人聚著，談話的聲音高了一些，或都往下（上）望時，他也跑過來，上望就仰脖子，俯視就低頭。人要是抓賊，他一定眼尖心熱，窮賊他就奪回失物把他趕走算了，惡盜則要一把揪住，往衙裡送。人要是出了事，他一定第一個揹上揹負，往跌打、藥局裡衝，要不然，把人攤開來，他自己來醫。

而且，做這些事兒，他都不留名。

——有什麼好留的？縱留得丹心照汗青，也不是一樣萬事雲煙忽過！還真不如任憑風吹雨打，勝似閒庭信步。

有時，他看小孩兒在髒兮兮的水畦旁彈石子，用柴刀、菜刀、破盆、烘皿反映著日光比亮芒，也如此過了一日。

只覺好玩。

有時，在鄉間忽聽一隻鳥在枝頭啁啾，一頭牛在田間呻吟，也十分充實的過了一個懶洋洋的下午。

有時他看幾個人圍在一起罵架，你罵他一句，他罵你一句，你推他一下，他推你一下，忽然，收手了，沒趣了，各自散去，他還覺不過癮、沒意思，恨不得摟大家聚攏起來再大打大罵一場才痛快呢！

這就是王小石。

他自認爲：

——不是做大事、當大人物的人材！

（可是真正當大人物、做大事的到底是些什麼人？名人不都是從無名來的麼？大人物未「大」之前誰都是小人物，大事其實都從小事堆疊上來的。）他深明人們這種看熱鬧的習性。

所以他怕大家發現他和章璇。

——在這種地方展開廝殺，很難不傷及無辜。

章璇卻沒想到這個漢子顧慮的、想到的，全不是自身安危，而是這些：

——這不是忠臣烈士、大人物、大英雄才幹的事嗎？但那些名人高士，多年也只嘴裡說說，卻從來沒有也不敢去做。

章璇長年在蔡京府邸裡，這種人和這種事可見得太多太多了。

——沒想到現在還有這樣的人。

——眼前居然還有一個。

——看他樣子愣愣的，卻愣得好瀟灑，愣得好漂亮！

是以，章璇只聳了聳、嘴兒牽了牽，淡淡的說：「是嗎？這又怎樣？畢竟，沒釀成傷亡就是了。」

她好像已開始忘懷了、至少不再計較這件事了。

看來，她是個惱得快但也喜得速的女子。

「妳能不介懷，那就好了。」王小石這才放下了一半的心，另一半仍不敢怠慢，「我也有事不明白。」

「嗯？」

章璇在看著落花。

每一朵落花是一次失足：

她看見土坡下有一灣清清淺的水渠，載落花如此遠去，使她想起一首歌，竟不禁幽幽的在心裡頭哼唱了起來：

想當日梢頭獨佔一枝春
嫩綠嫣紅何等媚人
不幸攀折慘遭無情手
為誰流水轉墮風塵
莫懷薄倖惹傷心
落花無主任飄零
可憐鴻魚望斷無蹤影
向誰去嗚咽訴不平
乍辭枝頭別恨新
和風和淚舞盈盈
堪嘆世人未解儂心苦
翻笑紅雨落紛紛
願逐洪流葬此身
天涯何處是歸程
且讓玉銷香逝無蹤影
也不求世間予同情

她隨意哼起這首歌，所以對王小石問的、說的是什麼話，她也沒好生去注意。

王小石正問：「妳混在蔡京身邊，已好些時日了，儘管今朝殺不了他，但人總有疏失的時候，妳總有機會殺他的……妳為救我出來而犧牲了這報仇良機，是不是有點——妳會不會後悔呢？」

章璇沒聽清楚。

她又「嗯？」了一聲。

隨後，她依稀聽到了「後悔」兩個字，就隨意的說：

「後悔？才不。」

然後又加了一句：

「落花都失去了下落，世事還有什麼可悔的？」

王小石當然不以為然她那不以為意的回答。

他只有苦笑。

他試著說：「那妳不再惱我了？」

章璇漫不經心的問：「惱你？惱啥？」

王小石一怔：「惱我沒專心聽妳的呀！」

章璇蹙了蹙眉：「專心？爲什麼要專心？」她倒是真的想不起來了。

王小石又只好苦笑：看來，這女子可不光是惱得快消得也快，遺忘功夫比記憶能耐還到家，說時遲那時快，晴時多雲偶陣雨，只怕比溫柔還多變難耐。

他試探著說：「既然妳不惱，咱們好不好走了？」

「走？」章璇四顧，只見牆前左右來往穿插的都是陌生人，想牆垣之後的行人也不少，但沒有一個是她識得的。這麼多年來，她窩在「不見天日」（其實天日仍是可見的，而且那兒還有許多宮燈彩燭、珍禽異獸、奇花怪石、達官貴人，但那對章璇而言，無異於行屍走肉，她向來視而不見，只小心周旋）深宮後院一般的「西苑」裡，嚮往著外邊的世界，外邊的人，卻很少機會可以看得見、加得入。而今自由、自在、回復自身了，她見到這些互不相識的人，只覺得防範大於親切。

「走去哪裡？」

她不禁茫然反問。

「我不能再待在這兒了，」王小石可真有點急了：「我要趕去和剛脫逃和露了相的兄弟們會合，先離開京城這是非之地再說。」

章璇聽了就說：「我聽明白了，你要逃亡。不過，你也最好能明白一件事。」

王小石眨眨眼睛：「妳說。」

章璇瞇瞇的笑開了。王小石看著她的笑容，覺得這笑笑得實在非常旋轉：要換作是個好色之徒，只怕得要暈暈的呢。

「你得要記住，我爲救你而敗露了身份，失去了伺機殺蔡賊的機會，我要你欠我一個情。」她說得非常直截：「我要你記得報答我。」

王小石本來想說：救人何苦望報？幫人也不必圖謝。像他這次全面策動拯救方恨少、唐寶牛，也沒指望誰會感激他感謝他的。不過，他回心一想，他是這個想法，但別人可不一定這樣想呢。何況是章璇如此身在坎坷、且歷經長年伺伏敵側的弱女子呢？他又何必把想法強加諸於對方呢？是以，他忍住了不說什麼了，只說：

「我聽明白了，記清楚了。」

章璇展顏一笑：「你明白就最好。告訴你，我是個孤苦無依的女子，我只能用我有限的力量去辦幾乎是不自量力的事。你別怪我自私，我不顧惜自己，又有誰顧惜我？女人本來就應該自私的。我覺得這上天欠了我許多、許許多多。」

王小石苦笑道：「其實誰也沒欠誰的，誰都不欠什麼。天予人萬物，人無一物予天，是妳欠天的還是天欠妳的？要說欠的，只是人欠妳的。」

章璇薄唇兒一撇下來翹邊不服氣的道：「你說的好聽。你還不是在爭雄鬥勝嗎？誰在這俗世洪流裡爭強逞能，誰就免不了人間斷定成王敗寇的規律，你要救朋友、殺蔡京、幫諸葛先生，就未能免俗。」

王小石想自己無論如何，都得要在跟她分手之前勸她幾句，所以道：「說的也是。一個人當然不該白來世間走一趟。人盡其材，物盡其用，得展所長，不負初衷。若是只修行了一輩子，無甚作爲，豈不如同木石？木石尚且有用，人則吃的是白米飯，聞的是稻米香，豈非連木石都不如？所以真正的佛，是同體大悲，無緣大慈的，不是只躲在佛廟寺院裡唸經拜神敲木魚，就可以成佛的。」

章璇瞇瞇的看著眼前這個人，她開始瞇著眼只想勾引勾引這個青年，就像她在蔡府別墅裡，只要她想勾引的人，就必定能成事，但她勾著引著，卻忽然聽到了些道理，反而覺得自己正給一種前所未有的力量所勾引過去了。

她不禁有些震動，幾乎以爲自己面前站著說話的，並不是一個「人」，所以她忍不住問：「什麼是同體大慈？什麼是無緣大悲？既然上天沒有慈悲、世間沒有慈悲，我爲什麼要大慈大悲？」

王小石決定把話說完了就走。他常常聽人把「慈悲」之義誤解，而今也一吐爲快：

「無緣大慈是一種真正的、沒有利害關係的愛。我愛他，他愛不愛我，都不重要，我依然是愛他的。我跟他無緣無故，我愛他全不求回報。這就是大慈。」王小石說：「蒼生眾人與我們非親非故，但我當他們的痛如同己痛，視其苦如同己苦；傷他痛我，人苦我憂。這便是大悲。」

章璇欲言又止。

王小石知道自己還是應該說下去：「你別看這種想法傻，其實，有了這種大慈大悲的愛，在感情上反而不會有得失，既沒生收回之念，就不會有煩惱心。沒有發生什麼事的時候，對人好，那只是應該的；但當人家對你不好的時候，你還一樣的待人，這才是功夫。」

章璇「哈」的一聲：「你是要我不求你回報罷了，卻說了那麼多的話！」

她本來還要說下去，卻見王小石一雙清澈如水的大眼睛正端視她，那麼友善、真誠、真摯，一點敵意和怒氣都沒有；她說了一半，已覺理虧，竟說不下去了。

「生命很短，所以特別美。人應該加緊腳步，盡速前進，沿途不忘觀賞風景，自尋快樂。記住，『前腳走，後腳放』，要是前腳已跨出去了，後足就不要拖泥帶水，顧惜不前。妳而今的處境就是這樣：既已離蔡京魔掌，妳已是自由身了。昨天的事應該讓它過去、消失，且把心神力量放在今天的事情上。」

章璇澀道：「我……我該做什麼？」王小石這種話，她雖聰明過人，在相府裡形形色色的人見遍、各種各樣的書覽遍，一早就通曉如何防人、整人甚至怎樣害人、殺人，但王小石這種話，她卻從未聽說過。

「妳不要輕視自己的力量。世上並非絕無難事，有些確是很難辦到的。但很難辦成並不是辦不成。一個人若辦不成，很多個一個人就能水到渠成了。只有不肯爲的人，才會做不到。我們若是一滴清水，滴到水缸裡，就是一缸水了，因爲已分不清哪一滴是妳、哪一滴是我。同樣的，滴到臭溝渠裡和汪洋大海中，都是一樣的結果。『你自己的力量』，本來就是可以大到這樣沒有制限的。」王小石平和的說：「我們不應該爲自己付出的心血和勞苦，而畫地自限、迷戀著過去的成就。施予人者，莫論回報，莫圖人情。過去的，過去吧；未來的，反正猶未來。守住現在，當下即是，可貴可珍，自重自愛。」

章璇緘默了半晌，幽幽問了一句：「你所說的種種，你自己可能做到？」

王小石哈哈一笑：「我？還差遠哩！我道行哪有這麼高！我要做到，還用得著這陣子忙來忙去，卻仍是，一場空！」

他坦然道：

「我還是與世有爭的。」

他這樣爽然一笑，使章璇也與之釋然了，輕鬆了，也開心了起來：

「好，你說了這麼多，使我決定了一件事。」

「什麼事？」

「我決定——」

「嗯？」

「跟你們一起走。」

「什——什麼!?」

「你不歡迎嗎？」

「我？」

王小石只覺一個頭有七個大。

「你看我現在若不跟你一齊逃走，我還有地方可去嗎？天下雖大，無可容身，你能不顧我死活嗎」

——說的也對，可是，我這是逃亡啊……

「有你在，可以保護我呀。何況，你說話那麼好聽，我想聽下去嘛。」

——哎呀呀，誰叫自己一時口快猛說了那麼多那麼久那麼長篇大牘的「金剛經」！

「怎麼啦你？卻又反悔了不是！什麼『無緣大慈，同體大悲』的，全都是騙人的！你就忍心讓我送死了嗎？」

「當然不，可是——」

「可別可是了，趕快去跟你的朋友會合吧！」

「——不過……」

「什麼不過嘛！你說話好聽，我唱歌好聽，咱一路上可不愁寂寞了。」

「但……」

「但你的頭，走！」

章璇再不理會，扯著王小石就走。

王小石本能反應，略一掙動，一不小心，卻使得章璇頭上盔帽落了下來，露出了烏雲般的長髮，王小石自己也扯落了一些臉上的易容之物。

他們正防有人發現，唯一發現的是人們簇擁過這邊來，一名行人走近之時低聲道：

「王樓主，你走你走，我們掩護你。」

王小石一怔，在眾人掩飾下，與章璇相扶而行，不數步，有一老太婆佝僂著蹣跚地走過他們身前，澀聲道：

「小石別往那兒走，那兒狗腿子多。」

王小石忙折了方向，又走了一會，只見人多穿插於身前，一替人磨菜刀的大漢一面故意快力磨刀，一面沉聲道：

「小石頭，快走快走，我們支持你。」

王小石跟章璇相覷惑然。走出了西城門，那守門的一名領隊也不搜查他們，只細聲疾道：

「王少俠，保重，好走。跟那運柴的隊伍走，較易掩人耳目。」

王小石二人走近那走在碎石路上的運柴隊，一名揹著山柴而且也骨瘦如柴的老頭兒，對他咧開黃黑不齊的牙跟他喀地一笑。

這回王小石不待他先開腔，已問：「怎麼你們都知道我是王小石？」

那老者一笑，咳地吐出一口濃痰：「誰不認得你？天下誰人不識君？一雙石頭般的眼睛、石頭般的顏臉、還有大石頭般的膽子，你不是王小石，誰是王小石！你本來就是我們。」他指著地上給他們踩得喀啦喀啦的石頭，「你鋪的路，我們好走；今天你要走了，咱們不要命了，也得讓你好好的走。」

王小石只覺一陣熱血衝上喉頭，只覺自己所做的，都沒有白做；所活的，都沒有白活：上天對他煞是慈悲，給了他多於他所應得的。

章璇卻俏聲道：「你又多愁善感了？是怪我易容術不精吧？」

王小石這才省了過來，心道不是，才要開口，章璇退了一步，怯生生的說：

「你你你……你不是又要講長篇未完完不了的金剛經吧？」

王小石只好苦笑。

「你看。」

章璇忽又叫道。

王小石隨她指尖看去，只見路邊又有那樣一棵開著紅花的樹，風過的時候，花瓣正一個旋一個旋的轉降下來，憂傷，美艷，有一種殺人般的好看。

王小石苦笑：

他覺得自己像在旅遊多於逃亡。

「我還不明白一件事。」

章璇忽又狐媚和狐疑且帶點狐惑的睨睇著他眯眯笑：

「你爲什麼老是苦笑未停？」

——吓？

「嗯？」

章璇側了側頭，用鼻音問。

陽光突破了陰雲，映照下，鼻尖和頸，很白。

像隻狐。

白狐。

稿於一九九三年六月廿五：訪商報見馮時能、黃燊發、陳和錦、柯金德、林水蓮、麥惠蘭等。南洋商報現場訪問、拍照。與何七定計邀姊上首都。方電意動來K—K會合／廿六日：素為文相提。秀芳、素馨會於吉隆坡，遊Yaohan、Corona Concord Hotel。海已證實心臟血管栓塞。芬腦部瘀血須開刀。廿七日：與天衡突折騰，對方終表歉意。與秀芳姐難得親情相聚，旋又分手。

校於七月廿八日：一日連環三訪問。新生活報編輯部訪。風采即時訪。蔡園新潮訪。晤雪梨、惠霞、國清、佳陵、圓鳳等。與海和解。廿九日：會郭隆生夫婦赴四季樂園看音樂噴泉餵魚樂，食於Sakura，遇王階等三大杏林、氣功、針灸高手及導演、女聲樂家等，甚歡。悉燊事，甚憾。寫作新低點。三十日：大菠蘿歿，「大圈仔」病重。首由Kewin主持C。近期會Miss Wong、Mei、Apple、Sweet諸子。七月一日：

三人近五年來十二次回馬行返港，機場會合方等。與小方久別重逢。慶均多喜訊。榮德鴻雁動人情。大可信意誠。永成急聯絡出版事。E告急。H來港發展。收到四冊新出版的《少年鐵手》、《遊俠納蘭》（友誼版）等書。

修訂於一九九四年十一月十一日至廿五日：二字SX幸無事／蔡訊可喜／D華／聞大陸版《棍》大捷／《少年無情》合約疑雲／余舒展超傳真好玩／琁Fax可愛／何文盲安然／三水讀者郭慶陽可愛書迷／云舒舒然／「縱橫」已定分可法／MH華十祖／讀友沈柏（鴻濱）信：重視回目章法／與眾定版稅法／大配眼鏡／重訂行程／秀夫專制惹火我／怡自澳電，盡釋前嫌，甚歡／恢復處事。

請續看第三冊

【武俠經典新版】說英雄·誰是英雄系列

朝天一棍（二）

作者：溫瑞安
發行人：陳曉林
出版所：風雲時代出版股份有限公司
地址：10576台北市民生東路五段178號7樓之3
電話：(02) 2756-0949
傳真：(02) 2765-3799
執行主編：劉宇青
美術設計：許惠芳
行銷企劃：林安莉
業務總監：張瑋鳳

初版日期：2022年1月新版一刷
版權授權：溫瑞安
ISBN：978-626-7025-24-6
風雲書網：http://www.eastbooks.com.tw
官方部落格：http://eastbooks.pixnet.net/blog
Facebook：http://www.facebook.com/h7560949
E-mail：h7560949@ms15.hinet.net
劃撥帳號：12043291
戶名：風雲時代出版股份有限公司
風雲發行所：33373桃園市龜山區公西村2鄰復興街304巷96號
電話：(03) 318-1378
傳真：(03) 318-1378
法律顧問：永然法律事務所 李永然律師
北辰著作權事務所 蕭雄淋律師
行政院新聞局局版台業字第3595號 營利事業統一編號22759935

定價：290元

國家圖書館出版品預行編目資料

朝天一棍（二）／溫瑞安 著. -- 臺北市：風雲時代，
2021.12- 冊；公分 (說英雄.誰是英雄系列)
武俠經典新版

ISBN 978-626-7025-24-6（第2冊：平裝）

1.武俠小說

857.9 110018324